링

외전

스즈키 고지 | 김수영 옮김

킹

외
전

버스데이
THE BIRTHDAY

황금가지

차례

하늘에 뜬 관

1

1990년 11월

의식이 또렷해지기 전부터 그녀의 망막은 상공의 풍경을 포착하고 있었다. 풍경이라고 해 봤자 시야가 매우 좁아 바닥에 누워네모반듯하게 잘린 하늘을 올려다보고 있는 게 고작이었지만. 세로로 길쭉한 푸른 하늘의 경계선 바깥이 온통 검은색으로 둘러싸여 있다. 처음엔 지금 보이는 풍경의 의미를 알 수 없었다. 지금있는 위치가 어디인지조차.

잠에서 막 깨어 꿈인지 생시인지 그 경계가 모호한 감각과 같았다.

양옆은 콘크리트 벽으로 막혀 있고 등 밑으로도 똑같은 재질의 딱딱한 느낌이 전해졌다. 위에 보이는 하늘이 둥글었다면 우물 바닥이라 여길 수도 있었겠지만, 형태로 보아 아무래도 몇 미터 깊이의 직육면체 바닥이라는 생각이 들었다.

햇빛이 직접 닿지는 않았다. 차갑고 맑은 공기가 감도는 걸 보면 아직 새벽 같았다. 가끔 가까이에서 까마귀 울음소리가 묵직하게 들려왔다. 모습도 보이지 않았고 날갯짓 소리도 없이 까악거리는 울음소리만 좁다란 공간에 울려 퍼졌다.

홀연히 까마귀 울음소리가 사라지더니 대신 뱃고동이 들려왔다. 바다와 가까운 곳인 게 분명했다. 바다 내음이 조금씩 코를 자극했다. 도쿄 만에 인접한 건물 옥상……. 점점 지금 있는 장소를 파악해 갔다.

턱을 들어 보자 녹슨 파이프 두 개가 머리 위를 가로질러 뻗은 것이 보였다. 양옆이 벽으로 꽉 막혀 있어서 팔은커녕 어깨조차 움직일 공간이 없었다. 갈라진 콘크리트에서 철근이 몇 줄기 가시처럼 튀어나와 있었다. 만지면 아플 것 같은 가시 가닥이 가뜩이나 좁은 공간을 더 좁게 했다. 똑바로 누워서 팔다리를 딱 붙인 인형처럼 누워 있는 수밖에 없었다.

몸을 가만히 두고 고개만 들어 다리 쪽을 살펴봤다. 착시인지, 조금 전까지 기다란 철근이라고 생각했던 것이 바람에 흔들리는 듯이 보였기 때문이다. 가만히 바라보니 그건 철근이 아니라 유카타(일본 전통 의상의 한 종류 — 옮긴이)의 허리끈처럼 생긴 얇은 헝겊 끈이었다. 다른 끝이 어디로 이어져 있는지는 보이지 않았다. 하지만 한쪽 끝은 다리 언저리에서 하늘하늘 흔들리고 있었다.

'거미줄.'

「거미줄」이라는 소설(아쿠타가와 류노스케의 단편 소설. 석가모니가 간다타라는 악당의 선행을 보고 거미줄을 내려 극락으로 인도하려 한다는 내용―옮긴이) 제목이 떠오르자마자 지옥이 연상되어서 온몸의 모공이 꽉 죄어드는 듯한 감각을 느꼈다.

왜 자신이 지금 이런 곳에 있는지, 기억이 나지 않았다. 방치된 욕실 타일 바닥처럼 기억이 조각조각 흩어져 있었다. 떠올리려 노력해도 그 기억의 조각들이 의미 있게 배열되지 않아서 상황의 인과 관계를 알 수가 없었다.

'여기는 어디지? 왜, 여기 있는 걸까?'

기억이 부분적으로 누락된 게 확실한데 비어 있는 부분이 얼마나 많을까 짐작도 되지 않았다.

그녀는 자기 이름을 속으로 읊어 보았다.

'다카노 마이.'

틀림없다. 본인이 다카노 마이라는 이름의 여자라는 점은 확실했다. 그런데 이상하게 위화감이 들었다. 이물질이 몸에 들어온 듯한 감각을 떨쳐낼 수가 없었고 아까부터 계속 내 몸이 내 것이 아닌 듯한 기분이 들었다.

계속해서 나이와 주소, 지금까지의 경력 등 본인의 윤곽을 뚜렷하게 해 주는 정보를 기억나는 대로 떠올렸다.

'스물두 살, 대학생, 문학부 소속. 앞으로 대학원에서 철학 전공 예정.'

갑작스레 다리에 끔찍한 통증이 느껴졌다. 그러고 보니 정신이 들었을 때 발목 언저리가 아픈 느낌이 들었다.

다카노 마이는 조심조심 고개를 들어 발치를 보다 아연실색했다. 다리가 보이지 않았다.

시야를 가로막은 것의 정체를 몰라 처음에는 눈을 찌푸리며 살펴보았다. 마이는 곧 그것이 자신의 불룩한 배라는 사실을 알자마자 두 눈을 크게 뜨고 경악에 찬 표정을 지었다.

트레이닝 상의를 받쳐입은 점퍼스커트의 배 부분이 빵빵하게 부풀어 있다. 다카노 마이는 아픈 발도 잊고 튀어나온 배에 슬쩍 손을 올려 보았다. 다른 물건이 배 위에 끼워져 있는 것이 아니라 배와 그 위에 얹힌 손이 피부로 맞닿아 있다는 확실한 감각이 있었다. 뱃가죽이 불룩 튀어나올 정도로 육체 내부가 부풀어 오른 것이다. 기억하는 한 그녀는 날씬한 체형이었다. 가슴도 별로 크지 않았고 여성 평균 이하로 가느다란 허리는 늘 자랑이었다.

두려움이 없었으니 실망도 없었다. 충격이 사라진 후 다카노 마이는 양손으로 잠시 망연히 자신의 배를 쓰다듬었다. 자신이 놓여 있는 상황을 믿을 수가 없어 무슨 감정을 느껴야 할지조차 몰랐다.

객관적이고 냉정한 시선으로 자신의 몸을 바라보았다. 사고가 멈춰 버린 것처럼 머릿속이 새하얬다. 남의 일이라는 듯이 부풀어 오른 배를 찬찬히 관찰했다. 아무리 봐도 만삭의 배였다. '임신'이라는 단어가 떠올랐다.

그것을 계기로 다카노 마이의 머릿속에 차례로 단편적인 영상이 되살아났다. 어째서 자신이 여기 있는지, 직감적으로 이해한 것이다. 발단은 한 개의 비디오테이프였다.

'봐 버려서 그래.'

안 좋은 예감이 들었는데도 봐 버린 게 잘못이었다.

다카노 마이는 지금 기기에 비디오테이프를 넣고 재생 버튼을 눌렀을 때의 손가락 감촉까지 생생하게 떠올리고 있었다.

2

비디오테이프를 손에 넣은 것도 영상을 본 것도, 그저 어쩌다 벌어진 일이었다. 우연으로 보이는 사건 뒤로 인위적인 힘이 작용한 것인지 아닌지, 다카노 마이로서는 알 방법이 없다. 눈에 보이지 않는 힘에 겁먹은 나머지 필사적으로 단순한 우연이라고 여기고 만 것 같다. 진실을 아는 것조차 피하고 싶었는지도 모른다.

다카야마 류지의 죽음에 비디오테이프 하나가 얽혀 있는 듯하다는 이야기를 류지의 친구인 아사카와가 어쩌다 꺼냈었다. 하지만 구체적으로 어떻게 상관이 있는지는 아무도 알려 주지 않았다. 실수로 영상을 본 탓에 쇼크사를 일으켰다는 황당무계한 가설을 세운 사람은 마이 자신이었다. 사람을 죽음으로 이끄는 비디오테이프의 공포에 대해 그 외에 어떻게 설명할 수 있을까?

그런 가설이 아니면 아사카와가 했던 말을 이해할 수 없다. 다카야마 류지가 죽는 순간에 찾아갔던 마이에게 그는 이렇게 물었다.

"정말 류지는 당신에게 아무 말도 남기지 않았던 거죠? 예를 들어, 비디오테이프에 대한 말이라거나……."

아무리 생각해도 비디오테이프 때문에 다카야마가 죽었다는 말투였다.

결국 마이는 믿지 않았다. 그렇기 때문에 얼떨결에 이끌리는 대로 영상을 보고 말았다.

대학에서 논리학을 가르치는 다카야마 류지는 월간지에 철학 논문을 연재하고 있었다. 그 원고를 정리하는 일은 수제자인 마이의 몫이었다. 류지의 악필은 꽤나 익숙한 사람만이 읽어 낼 수 있었다. 마이는 희생정신이라기보다 스승의 논문을 처음으로 읽는 영광을 누린다는 생각으로 자진해서 원고 정리를 맡았다.

그런데 연재 최종회를 다 쓰자마자 다카야마 류지가 급사해 버렸다. 그 유해를 해부한 검시의 안도 미쓰오의 견해로는 심장을 둘러싼 관동맥에 폐색이 일어나서 급성 심근경색을 일으켰다고 했으나 의문점이 많았다. 류지의 친구인 아사카와는 비디오테이프를 본 것이 직접적인 원인인 듯하다는 의미불명의 이야기를 흘렸다. 류지의 죽음에 대한 의혹은 점점 뒤섞여 혼란스러워질 뿐이었다.

마이는 원고 최종회를 담당 편집자에게 전하기 직전이 되어서야 분실된 페이지가 있다는 것을 알아차렸다. 1년에 걸친 연재의 마지막 결론 부분이 몇 장 빠져 있었다.

류지의 집을 샅샅이 뒤졌지만 분실된 페이지는 찾지 못했다. 마지막 희망을 건 곳이 사가미오오노에 있는 류지의 본가였다. 죽기 직전 류지의 집에 있던 짐이 모두 본가로 옮겨졌으니, 있다면 분명 거기 있을 터였다.

류지의 어머니에게 사정을 설명하고 양해를 얻어 집을 방문한 마이는 안내를 받아 2층 방으로 향했다. 초등학교 때부터 대학 2학년까지, 류지가 공부방으로 썼던 방이었다. 마이는 이 방 안에서 자유롭게 있어도 된다는 허락을 받았다.

서적부터 시작해서 옷, 전기제품, 작은 가구, 원래 아파트에 있던 가재도구는 모두 상자에 넣어져 정신없이 쌓여 있었다. 찾는 물건이 겨우 원고지 몇 장밖에 되지 않으니 확인해야 할 곳도 많았다. 시간이 오래 걸릴 거라는 생각에 카디건을 벗어 놓고 일에 착수했다.

마이는 찾기 시작하자마자 원고지 달랑 몇 장을 찾는 일이 언제 끝날지 모를 기약 없는 일이라는 것을 깨달았다. 그렇다고 해서 잃어버린 원고를 채워 넣을 해결 방법이 떠오르는 노릇도 아니니, 그저 끝없이 찾을 수밖에 없었는데……

점점 기력이 빠져서 등이 피로로 굽었다. 그 굽은 등을 누군가가 바라보는 시선이 문득 느껴졌다. 뭔가가 보고 있다는 느낌이 점점 강해졌다.

마이는 고등학생 시절에 담임인 미술 선생님이 불러서 딱 한 번 유화 모델을 했던 적이 있다. 당연히 옷을 입고 하는 모델이었는데, 선생님의 시선이 옷을 통과해 살갗을 핥고 육체 안에 있는 골격까지 닿는 느낌을 받았다. 부끄러움과 도취가 교차했다. 일종의 흥분을 느꼈다. 인물의 머리를 그릴 때 화가의 눈이 두개골의 형태를 관찰한다는 것을 나중에 듣고 마이는 자신의 직감이 옳았음을 알았다.

'미술 선생님의 시선은 내 골반을 꿰뚫고 있었어.'

그때와 같은 강렬한 시선이 아까부터 등을 찌르고 있다. 피부를 뚫고 살점을 도려내며 골격에 닿을 것 같은 아주 날카로운 시선……

마이는 견디지 못하고 뒤를 돌아봤다. 등 뒤에는 분홍색 카디건에 덮인 검은 물체가 있었다. 작업을 시작하기 전에 벗은 카디건을 무심코 그것 위에 올려 두었다.

카디건을 치우자 눈앞에 나타난 것은 바로 검은색 비디오플레이어였다. 전원은 연결되어 있지 않았지만 작고 빨간 LED 램프가 날카롭게 빛을 발하고 있었다. 마이의 머릿속에 아사카와가 했던 말이 되살아났다.

"정말 류지는 당신에게 아무 말도 남기지 않았던 거죠? 예를 들어, 비디오테이프에 대한 말이라거나……."

마이는 그 말에 재촉이라도 당하듯이 비디오플레이어에 전원을 연결했다.

3

자신이 오려고 해서 이런 곳에 온 게 아닌 것 같다는 느낌이 점점 강해졌다. 우연히 온 것이 아니다. 필연일지도 모른다.

그러고 보니 지금 누워 있는 빌딩 옥상의 움푹 파인 공간은 비디오테이프의 직사각형 모양과 비슷하다. 아니, 정확히는 비디오테이프가 수납되는 케이스 모양이었다.

빌딩 구조상 이 구멍이 무슨 역할을 하는지는 알 수 없었다. 배수구, 아니면 배기구라도 되는 걸까? 고층 건물의 구조 같은 건 마이는 잘 모른다. 콘크리트 바로 아래부터 들리는 웅웅거리는 모터 소리가 엘리베이터의 존재를 암시했다. 기계실이 가깝다는 것만큼은 확실했다.

어느새, 하늘이 밝아 왔다. 점차 밝아지는 대기가 맑아졌고, 농도 짙은 푸름이 더해 갔다. 구멍 벽에는 그늘을 가르는 햇살의 선이 있었다. 눈으로 좇을 수 있을 정도의 속도로 내려왔다. 거대한 비디오케이스의 안쪽에 빛의 선이 움직이고 있다.

마이는 류지의 본가에 갔을 때 비디오플레이어에서 비디오테이프를 꺼냈던 순간이 떠올랐다. 콘센트를 끼우고 전원을 켜서 꺼내기 버튼을 눌렀다. 딸깍 하는 소리를 내며 튀어나온 비디오테이프를 보자 입을 한일자로 찢으며 혀를 내미는 모양이 연상되었다.

만졌을 때의 촉감. 무기질의 단단한 것이었음에도 묘하게 따뜻했다. 전원을 방금 켰는데도 생물의 온기가 느껴졌다.

옆면에는 이런 제목이 기입되어 있었다.

'라이자 미넬리, 프랭크 시나트라, 세미 데이비스 주니어 1989'

못생긴 글씨였다. 분명히 내용물과 제목이 다르다고밖에는 보이지 않았다. 이 비디오테이프에 무대 공연이 녹화되어 있을 리가 없다. 제목은 그대로 두고 다른 영상을 복사했으리라.

그 비디오테이프를 보고 만 것보다, 류지의 집에서 비디오테이프를 몰래 가져와 버린 것을 마이는 지금 강하게 후회하고 있다. 왜 그냥 내버려 두지 않았을까? 분실된 원고를 찾으러 간 것이니 기묘한 비디오테이프 따위는 무시하면 그만이었다. 비디오테이프를 가지고 왔을 때부터 언젠가는 보리라는 운명이 결정된 것이다.

햇살의 선이 점점 구멍 벽을 내려오는가 싶더니 마이의 눈에 햇빛이 비쳤다. 태양이 하늘 한가운데 떠 있었다.

시간이 이상하게 빠르게 지나갔다. 아날로그적인 시간의 흐름이 아니었다. 바로 조금 전에 날이 밝아 온 참이었다. 그런데 지금 구덩이 바닥에 햇살이 닿은 걸 보면 정오에 가까웠다는 걸 알 수 있었다.

왼쪽 팔을 힘없이 들었다. 손목시계가 없었다. 해의 높이로 시간을 추정할 수밖에 없나 보다.

아무래도 의식이 뭉텅이로 잘려 나간 듯한 느낌이 들었다. 그게 아니면 이렇게 시간이 휙휙 지나가는 것을 설명할 수 없다. 각성과 실신이 번갈아 가며 진행되고 있다. 잠에서 깬 지 몇 시간이 지났다. 꾸벅꾸벅 졸다가 과거의 기억을 떠올리면서 아무 짓도 하지 않았다.

지금부터 해야 할 일은 확실했다.

'이곳을 어떻게 빠져나가야 할지 방법을 찾아야 해.'

탈출하지 못하면 천천히 죽음이 다가와서 정신을 갉아먹을 뿐이다.

'아니면 진즉 미쳐 버렸는지도 모르지.'

상황을 보면 훨씬 무서워하거나 비관에 빠져야 하련만, 어딘가 남의 일처럼 바라보는 또 하나의 자신이 있는 느낌이었다. 의식의 함몰 상태나 흐릿함 때문에 자신의 정신이 이제는 상황을 명료하게 파악할 수 없는 상태가 아닐까 하고 무서워졌다.

아무런 맥락 없이 문득 우물 바닥에서 썩어 들어가는 가련한 소녀가 떠올랐다. 머릿속에 떠오르는 장면은 분명 무언가에 의해 촉발된 이미지일 텐데 마이는 그 원인을 알 수 없었다. 아니다. 냄새일까? 어디선지 모르게 시큼한 귤 냄새가 감돌아 상상력이 자극된 것 같다. 소녀의 모습은 생생한 영상이 되어 마이의 몸을 내리눌렀다가 훌쩍 멀어졌다.

정말 거기 있기라도 한 것처럼 소녀의 모습이 일어섰다.

마이는 귀를 기울이며 주변 기색을 살폈다. 혼자 있으니 견딜 수 없게 무서웠다. 누구라도 좋으니 곁에 있어 주길 바랐다.

청각에만 의지할 수밖에 없다. 바로 가까이에서 발소리가 울리기를 계속 기다렸다. 무력한 자신에게 화가 났다.

'구조만 무작정 기다리다니.'

기다리기만 하는 소극적인 태도는 원래 그다지 성미에 맞지 않았다.

벽 안쪽에 늘어져 있는 끈이 하계와 이어지는 유일한 구명줄이었다. 유카타의 허리끈이 몇 가닥 땋여 있는지 아래서 올려다보니 둥글게 묶인 매듭이 하나 보였다. 어째서 저런 곳에 끈이 묶여 있을까…… 끈을 뱀의 몸뚱이라고 보자니 매듭은 마치 뱀의 머리 같았다.

체중을 지탱하기에는 약간 가늘었지만 이 상태에서 벗어나려면 다른 방법이 없었다. 정확히 발끝 언저리에 끈의 끝이 바닥으로부터 수십 센티미터 떨어진 지점에서 하늘하늘 흔들렸다.

마이는 억지로 상체를 일으켜서 자신의 몸이 어디까지 움직일 수 있는지 확인해 보려 했다. 그런데 상체를 일으킨 반동으로 다친 왼쪽 발목이 벽에 부딪혔다. 너무 아픈 나머지 소리 없이 비명을 지르고 말았다. 그냥 삔 것일까? 아니면 뼈가 부러졌을지도 모른다. 강렬한 통증 덕에 정신이 또렷한 상태임이 증명된 셈이라 오히려 용기가 생겼다.

식은땀을 흘리며 마이는 아픔을 견뎠다. 자력으로 탈출하기는

커녕 구덩이 바닥에서 상체를 일으키는 것조차 어려웠다.

'도움을 요청하자.'

마이는 필사적으로 생각했다. 어떻게 하면 자신이 여기 있다는 것을 바깥세상 사람에게 알릴 수 있을까?

"살려 주세요! 살려 주세요!"

소리쳤다. 그러나 그 목소리는 머리 위에 펼쳐진 하늘에 삼켜질 뿐, 누군가의 귀에 닿았다는 반응은 전혀 없었다. 옥상에 사람이 오지 않는 한 아무리 소리쳐도 소용없다.

마이는 다른 방법을 생각했다. 옥상으로 사람이 오지 않으니 어떻게든 주의를 끌어 사람을 부를 수밖에 없다.

예를 들어 하늘에서 뭔가가 떨어지면 지나가는 사람이 하늘을 바라볼 것이다.

'뭔가 던질 만한 것이 없을까?'

두 손을 뻗어 머리 위를 더듬자 손가락 끝에 콘크리트 조각이 두세 개 닿았다. 마이는 그중에 하나를 집어 크기를 확인했다. 엄지손가락 정도의 크기였다. 부슬부슬 부스러지는 오래된 콘크리트 조각이니 잘못되어 머리에 맞아도 크게 다칠 일은 없어 보였다.

중고등학교를 다닐 무렵 육상 단거리 선수였던 마이는 운동신경에 자신이 있었다. 소프트볼 멀리 던지기는 반에서 일이 등을 다툴 정도였다. 하지만 몸을 쭉 뻗고 누워 있는 자세로 얼마나 멀리 던질 수 있는지는 시도해 본 적이 없다. 던지는 방법도 머리에서 다리에 걸쳐서 반원을 그리듯이 오른손을 움직여 콘크리트 조각을 던지는 수밖에 없다. 그것도 한 방향으로. 옥상 난간을 넘어 아래에 닿지 않으면 헛수고다.

햇살이 서쪽으로 기울어 가고 있었다. 되도록 지나는 사람이 많을 오후에 해야지 싶어 오른손에 쥐고 있던 콘크리트 조각 하나를 공중에 던졌다. 순식간에 조각이 시야에서 사라지더니 소리 없이 공중으로 빨려 들어갔다.

지금 눈에 보이는 세상이 너무 좁아 마이는 깜짝 놀랐다. 직사각형의 길고 가느다란 하늘이 세상의 전부라니. 정말 자신이 있는 곳이 하계와 연결되어 있긴 한가, 하는 의문이 들었다. 그 의문을 증명하기라도 하듯 콘크리트 조각은 아무런 반응도 얻지 못한 채 사라져 버렸다.

팔을 뻗어 다음에 잡은 것은 10여 센티미터쯤 되는 쇠파이프였다. 방금 던진 조각보다 멀리 날아갈 수 있는 크기와 무게였다. 하지만 사람 머리에 그대로 부딪치기라도 하면 상당히 피해가 클 것이다.

그러나 운 나쁘게 쇠파이프가 어딘가에 제대로 부딪쳤을 때 피해를 조금이라도 줄여 보려는 생각보다는 자신의 흔적을 확실히 남겨 메시지를 전달하고 싶다는 바람이 더 강했다.

마이는 적당한 천 조각이라도 없나 주머니를 뒤졌다.

손수건이든 뭐든 좋았다. 쇠파이프에 천을 묶으면 그냥 단순한 쓰레기라고 생각될 확률이 줄어들 텐데.

주머니에 손수건이 없으니 상의 일부나 점퍼스커트 소매 부근을 찢을까 했는데 불가능했다. 어떡하나 하고 눈을 감은 마이에게 좋은 생각이 떠올랐다. 쇠파이프와 연관이 없으면 없을수록 사람의 눈을 끌 확률이 높을 터였다. 명백히 여성이라는 것을 알 수 있는 것…… 적당한 크기. 눈에 띄려면 이보다 좋을 수 없다.

팬티를 벗어서 꽉 묶어 보자.

기회는 단 한 번. 실패하면 끝이다. 다만 벗을 때 다리 끝의 아픔을 참을 수 있을지 자신이 없었다.

마이는 서서히 치마를 들어 올려 맨살로 손을 넣어 허리 부근을 만졌다. 신축성 있는 속옷 끈이 그쯤에 있을 것이다. 그런데 손끝으로 살만 긁을 뿐 아무리 만져 봐도 속옷이 없었다.

'이런, 속옷을 입지 않았어!'

평소에 이런 적은 절대 없었다. 속옷을 입지 않고 외출하다니 마이는 한 번도 그래 본 적이 없다.

부자연스레 들어 올린 고개를 좌우로 눕혀 허벅지 사이를 보려 해도 튀어나온 배 때문에 보이지 않았다. 손으로 더듬어 판단할 수밖에 없었다. 그렇게 속옷을 입지 않았다는 것을 깨달은 순간, 그녀의 손이 배에서 움직이는 어떤 힘을 감지했다.

태동이라고밖에 생각되지 않았다. 자신이 아직 처녀라는 것을 떠올린 마이의 의식이 다시 멀어지기 시작했다. '어째서 속옷도 입고 있지 않은 걸까?'였던 의문은 순식간에 '이 배 속에 대체 뭐가 들어 있는 거지?'로 바뀌었다.

올리다 만 치마 너머로 배 일부가 보였다. 안쪽의 압력 때문에 튀어나온 배의 형태가 움찔움찔 어지럽게 변해 갔다.

수년 전에 본 영화의 한 장면을 떠올린 마이는 자신이 놓인 상황의 기괴함에 진심으로 소름이 돋았다.

4

기억에 문제가 있는 것은 아니었다. 검증하는 일이 얼마나 어이없는지는 마이 자신이 가장 잘 알고 있었다.

전에 딱 한 번, 남자 친구에게 몸을 맡겼던 적이 있다. 지금도 그때와 같은 자세였다. 두 팔과 두 다리를 쭉 뻗고 위로 향해 누운 자세. 장소는 그의 아파트에 있던 싱글 침대 위……. 공들여 진행한 대화 끝에 결심한 일이었다.

같은 대학 문학부에 적을 둔 그의 이름은 스기야마라고 했다. 스기야마는 피부가 희고 마른 체형이었고 이목구비는 가지런했다. 키는 마이보다 약간 큰 정도로, 상당히 미소년이라고 할 만한 외모라는 점에서 마이와 참 잘 어울리는 한 쌍이었다.

마이가 그에게 이끌렸던 건 용모가 아니라 학문적으로 조숙했던 점 때문이었다. 모든 분야를 망라하여 박학다식했던 스기야마는 무슨 질문을 해도 술술 대답하곤 했다. 묻는 것이 즐거울 정도로 대답이 시원스러워서, 그와 나누는 대화는 즐겁고 스릴이 넘쳤다.

스기야마는 문학에도 조예가 깊었고, 점성술이나 그리스 신화 등의 이야깃거리도 잔뜩 알고 있어서 여성들을 황홀한 화술로 이끌었다. 고등학생 시절에 스포츠에 너무 몰두한 나머지, 대학에 들어와서는 학문에만 파고들기로 결심했던 마이는 스기야마의 재능과 중성적인 매력에 흠뻑 빠져들었다.

중고등학교 때 육상부 선수였던 마이가 스기야마 같은 남자를 만나는 것을 두고 이전부터 알고 지냈던 친구들은 의문을 던지기도 했다.

'어머, 체육 계열 남자를 좋아하는 게 아니었어?'

의문은 대체로 그런 내용이었다. 하지만 체육과 정신 중 하나를 선택하라고 하면 마이는 주저 없이 정신 쪽에 재능이 있길 바랐다. 물론 양쪽을 겸비한다면 더욱 좋겠지만. 마이는 다카야마 류지를 만나기 전까지는 그런 남자를 본 적이 없었다.

육상부 시절, 남자 선배들이 몇 번인가 데이트를 하자고 해서 나갔었다. 어리숙한 남자들이어서 직접 행동을 취하지는 않았지만, 테이블을 사이에 두고 함께 있으면 그동안 사내의 열기가 답답하게 육박했다. 그렇게 상대가 발산하는 성욕이 강렬하게 느껴져 난처하고 부담을 느낀 적이 많았다.

중성적인 매력…… 그것은 일종의 편안함이었다. 다가오는 남자의 성욕을 정면으로 막아 내거나 잘 구슬려 방향을 바꿔 줄 필요가 없으니 어딘가 안심하고 긴장을 풀게 된다.

스기야마의 아파트에서 일을 치르기로 한 날, 그것은 어디까지나 의식처럼 진행되었다. 서로의 의사를 확인한 후에 하는 계획적인 행위. 마이는 그때 첫 경험을 버리려는 행위에 망설임이 없었다.

그가 이끄는 대로 침대에 누워 마이는 눈을 질끈 감았다. 긴장해서 손발에 힘이 들어갔다. 지금과 똑같은 모습으로 두 손발을 뻣뻣하게 뻗었다. 스기야마는 마이의 긴장을 풀어 주려고는 하지 않았다. 그러기는커녕 그 경직을 즐기는 것처럼 어느 때보다 과묵한 태도로 일관했다.

스기야마의 손길에 천천히 옷이 벗겨지며 살이 드러났다. 마이는 자신의 드러난 맨몸을 명확하게 기억했다. 키스나 애무는 전혀 없었다. 벗기는 자와 벗겨지는 자의 역할 분담이 뚜렷했다. 묘하게 담담한 성교 전의 행위를, 경험이 없던 마이는 이상하다고 생각하지 않았다.

브래지어와 팬티만 남기고 스기야마의 손이 가슴으로 향했을 때였다. 순식간에 브래지어가 위로 올라가면서 자그마한 마이의 유방이 둘 다 드러났다. 원래 가슴이 작았지만 위를 보고 누워 있는 탓에 납작해진 상태였다. 마이는 스기야마가 보고 있을 자신의 가슴을 상상 속으로 확실히 떠올렸다. 자그마한 가슴인데도 큰 유두가 아마 천장을 향해 꼿꼿하게 서 있었으리라.

뇌리에 떠올린 영상 탓에 그때의 순간은 쓸데없이 극명하게 마이에게 각인되고 말았다.

마이는 10여 초 동안이나 올려진 브래지어 아래 유방을 보여주는 자세로 방치되었다. 납작한 가슴이 강조된 채로 있자니 어색하고 창피했다. 그런 몸을 줄곧 바라보는 스기야마의 시선을 강하게 느끼는 와중에, 한쪽으로 흐르던 바람의 방향이 슥 바뀌었다. 마이는 공기가 바뀐 것을 알아차리고 불안에 사로잡혔다.

'뭐해? 빨리 해.'

빨리 진행되길 바라는 마이의 바람도 헛되이, 스기야마의 손이 브래지어를 원래대로 되돌려놓았다.

마이는 손의 감촉을 가슴으로 느끼자마자 눈을 뜨고 믿을 수 없다는 심정으로 가슴이 덮여 가는 과정을 또렷하게 바라보았다. 아까와는 완전히 거꾸로 옷이 입혀지고 있다. 타액 한 방울 묻히는 일 없이 깨끗한 채로 끝났다.

마이는 눈짓만으로 스기야마에게 물었다.

'어째서?'

스기야마는 마이의 귀에 입을 가까이 가져가 이렇게 말했다.

"역시, 그만하자."

평소에 그렇게 말이 많았던 것이 거짓말 같고 어이없었다. 스기야마라면 도중에 손을 멈추고 행위를 중단한 이유를 어느 정도 좋게 포장해 설명할 수 있었으리라. 그런데 이유도 아무것도 없이 그저 그만하자고 할 뿐이었다.

머릿속이 새하얘진 마이는 영문을 알 수 없었다. 굴욕감이 똬리를 틀었다. 인격이 사라지고 단순히 옷을 입히는 인형이 된 셈이다.

서로 섹스를 하는 데 합의했다. 하지만 어째서 그는 도중에 유턴해야만 했을까? 그만큼 자신의 육체에 매력이 없었던 걸까? 설명이 없으니 부정적인 의문만 잔뜩 부풀어 올랐다. 무엇이 그의 의욕을 죽였는지 이해할 수 없어서 마이는 깊은 절망에 빠졌다.

'가슴이 작아서?'

마이는 자문해 보았다. 그런 것이라면 알몸이 될 필요도 없었다. 옷을 입은 상태에서도 어느 정도 알 수 있으니까.

마이는 이유도 모른 채 큰 상처만을 안고 스기야마의 아파트를 나와서 집으로 돌아올 수밖에 없었다.

마이와 스기야마의 관계는 그 일을 계기로 끝났다.

이후 사귄 남자 친구의 유혹이 많이 있었지만 일선을 넘지는 않았다. 그런 것을 떠올리기만 해도 그때 공백이었던 10여 초가 공포스럽게 다가왔다. 헐벗은 자신의 몸이 끈적끈적한 시선에 의해 평가당하는 듯한 불쾌감. 다시 그런 일을 겪을 바에야 평생 경험이 없는 채여도 좋겠다 싶을 정도였다.

틀림없었다. 기억에 결함이 있는 것 같지도 않다. 검증하려는 시도도 어이가 없어질 만큼 자신이 아직 경험이 없는 몸이라는 사실은 분명했다.

'어떻게 내가, 임신한 거지?'

인과응보…… 원인이 있으니 결과가 있다. 직접적인 원인으로 생각할 수 있는 것은…… 그렇다, 그 비디오테이프를 본 일이었다.

그러고 나서 마이는 또 하나의 원인을 확실하게 생각해 냈다.

'비디오테이프를 봤을 때가 배란일이었어.'

생리 주기를 봐도, 체온계 숫자로도 확실했다. 배란일과 비디오 테이프…… 두 요소가 겹쳐서 지금 이 몸의 변화를 초래했다.

벽 안쪽을 태양의 선이 따라 올라갔다. 태양이 서쪽으로 기울어 사각형 공간은 각각 어둠으로 물들어 갔다.

마이는 스기야마에게 당했을 때처럼 육체를 평가당하는 시선의 세례를 다시 느꼈다. 구덩이의 바깥쪽에서 바라보는 것이 아니었다. 시선은 자신의 태내에서 느껴지고 있었다. 태내에 있는 눈에게 관찰당하고 있는 것이다.

그것을 증명하듯이 다시 한 번 배가 작게, 날카롭게 물결쳤다.

5

결국 다카야마 류지의 살림살이를 그렇게 뒤져 보아도 잃어버린 원고는 발견하지 못했다. 담당 편집자의 약속은 다음 날이었다. 다음 날 오후까지 연재 최종 원고를 마쳐서 넘겨야만 했다.

늦은 밤이었다. 마이는 원룸에 틀어박혀 탁자 위에 원고를 펼쳐 놓고 끙끙 머리를 감싸쥐고 있었다. 세 평보다 약간 모자란 정도의 방. 탁자를 책상 대신으로 두고 좌식 의자에 앉는 모습이 평소 공부할 때 자세다. 손을 뻗으면 닿는 거리에 책꽂이가 있었는데, 그 틈에는 비디오플레이어 기능이 탑재된 14인치 TV가 파묻혀 있었다.

원고를 어떻게 처리해야 할지 몰라서 마이는 몇 번이나 고개를 들고 한숨만 쉬었다. 원고를 정리하는 것도 힘든데 빠진 부분을 어떻게 채워 넣어야 할까?

그때까지 마이는 잃어버린 분량의 원고를 자신이 직접 채워 넣을 생각에 사로잡혀 있었다. 이전회에서 최종회 원고로 넘어가면서 논리가 비약된 것은 확실했다. 그 비약된 부분을 자신의 이론으로 메꾸어 보려고 하니 펜이 나아가질 않아 끙끙 머리만 아파올 뿐이었다.

그런데 문득, 가필이 아니라 삭제를 하여 정리하는 방법에 생각이 미쳤다.

'더 쓰려고 하니까 할 말이 떠오르질 않는 거야.'

글은 쓰는 것보다 지우는 게 훨씬 편하다. 게다가 류지의 사상을 크게 왜곡할 우려도 없다.

방침을 정하니 마이는 기분이 좋아졌다. 아침까지는 마칠 수 있겠다며 목표도 생겼기 때문이다.

그 틈을 노리기라도 하듯이 비디오테이프가 문득 눈에 띄었다.

잃어버린 원고는 못 찾고 그 대신 가지고 온 비디오테이프는 별 관심도 없이 TV 위에 둔 채였다. 기분 전환을 위해 이 영상을 본다 해도 원고 정리는 충분히 시간 안에 할 수 있을 터였다.

지금 생각해 보면 보기 좋게 함정에 빠져 버린 것이었다. 누가 계획했는지는 모르는 함정…… 마이는 눈에 보이지 않는 존재의 술책에 넘어가고 말았다.

좌식 의자에 앉은 채로 자연스러운 동작으로 팔을 뻗어 비디오테이프를 집어 들었다.

'라이자 미넬리, 프랭크 시나트라, 세미 데이비스 주니어 1989'

케이스도 없이 비디오테이프의 몸체가 그대로 드러나 있다.

라벨의 글씨만 봐도 비디오테이프가 류지의 물건이 아니라는 것은 확실했다. 제삼자에 의해 영상이 덮어씌워진 비디오테이프가 어떤 경로로 류지의 아파트로 들어왔고, 돌고 돌아 지금 이렇게 마이의 집에서 흡인력을 발하고 있었다.

마이는 손을 뻗어 비디오테이프를 기기에 투입했다. 자동적으로 스위치가 켜졌다. 비디오 영상에 채널을 맞추고 재생 버튼을 눌렀다.

재생 버튼에 손이 닿는 순간 그녀의 본능이 그만두라고 외쳤다.

'지금이라면 아직 늦지 않았어. 버려! 그딴 건.'

하지만 본능의 목소리는 비디오에서 나는 잡음에 의해 싹 사라졌다.

'치직…… 치직……'

역시 호기심은 당해 낼 수 없었다. 잡음과 함께 화면이 흐트러졌다. 먹이 흐르는 듯한 영상이 눈으로 날아들었다. 이제 돌이킬 수 없다. 그렇게 결심하고 마이는 자세를 바로했다. 보는 자에게 응시할 것을 요구하는 오만함이 비디오테이프에서 쏟아져 나왔다.

'끝까지 봐. 망자에게 먹힐 것이다.'

굵게 지나가는 먹의 선은 글자를 이루며 협박했다. 깜빡이는 빛의 점이 현실에서는 있을 수 없는 인공적인 빛을 뿌리며 안구를 찔렀다. 분명 불쾌한데도 시선을 뗄 수가 없었다.

단편적인 장면들을 모아 놓은 영상이라 의미를 알 수가 없었다. 그저 한 장면, 한 장면의 임팩트가 정말 강렬해서, 현장감을 가득 띠고 가슴을 압박했다. 영상이 몸에 영향을 준 것이 아닐까? 그런 의심을 품을 정도로 박력이 있었다.

새빨간 색이 솟구치며 용암으로 바뀌더니 곧바로 활화산인 것을 알 수 있는 산의 표면을 태우며 흘러갔다. 밤하늘로 날아오르는 불티로 보아 틀림없는 자연의 모습이었다.

그러다 곧 다음 장면에서는 백지에 검게 '山(산)'이라는 한자가 떠올랐다가 사라지더니 주사위 두 개가 납으로 된 그릇 바닥에서 굴렀다.

다음 장면에서 드디어 사람이 나왔다. 노파가 다다미 위에 앉아 정면을 향해 무슨 말인지 작게 소곤거렸다. 사투리 탓인지 잘 알아들을 수가 없었다. 설교하는 분위기였다.

갓 태어난 아기의 첫울음이 들렸다. 마이가 보는 동안 아기의 몸은 천천히 커졌다. 마이는 자신의 두 팔에 아이가 안겨 있는 것 같은 느낌이 들었다. 손바닥이 양수에 젖어 미끌거리는 피부에 닿아 있는 듯했다. 축축하고 미끄러운 감촉. 마이는 무심코 두 팔을 움츠렸다.

그러자마자 아기가 사라지고 '거짓말쟁이'라든가 '사기꾼'이라는 집단의 웅성임이 들리기 시작했다. 바둑판 눈금 속에 100개 가까운 사람 얼굴이 들어 있는데 잘 보면 얼굴들 하나하나가 비난하는 표정을 짓고 있었다. 게다가 세포 분열을 반복하며 증식하더니 무수한 점으로 바뀌어 화면을 가득 메워 갔다.

검게 변한 화면 중앙에 '貞(정)'이라는 글씨가 생겼다.

갑자기 나타난 남자 얼굴…… 뜻밖의 변화였다. 남자는 숨을 거칠게 몰아쉬며 얼굴에서 땀을 뚝뚝 흘렸다. 남자의 등 뒤로 드문드문 우거져 있는 나무가 생생했다.

민소매 차림이라 어깨가 땀으로 빛났고 햇볕에 너무 탄 살은 껍질이 벗겨지고 있었다. 등 뒤 배경에서도, 남자의 모습에서도 여름이란 사실이 여실히 느껴졌다. 남자의 눈이 살기를 품고 충혈되었다. 뒤틀린 입에서는 침이 흐르고 있었다. 남자는 고개를 들더니 일단 화면에서 사라졌다.

다음에 나타났을 때 남자의 어깨는 도려져 있었고 살점이 있던 공간에서 피가 흘렀다. 화면 정면으로 흐르는 대량의 피.

또 어디선지 모르게 아기의 울음소리가 들려왔다. 고막이 아니라 직접 피부의 세포를 울리며 웅웅거리는 울음소리였다. 마이는 아기의 살갗에 닿았던 감촉을 떠올렸다.

화면 중앙에 밝은 원형 구멍이 나타났다. 캄캄한 바닥에서 하늘 한가운데 떠 있는 보름달을 올려다보는 모습 같다. 보름달에서 주먹만 한 돌이 하나둘 떨어졌다.

'이 사람, 우물 바닥에서 하늘을 올려다보고 있는 거야.'

마이는 보름달 장면이 나왔을 때 상황을 곧바로 파악할 수 있었다. 그다음에 자신에게 닥쳐올 운명을 알아차리고 빨리 감을 잡은 것일 수도 있다.

이 시점에서 보름달과 비슷한 둥근 동그라미가 사실 우물 테두리라는 것을 이토록 빨리 알 수 있을 리가 없는데.

마지막에 다시 글씨가 나왔다.

"이 영상을 본 자는, 일주일이 뒤 이 시각에 죽을 운명이다. 죽고 싶지 않으면 지금부터 하는 말을 실행하라. 즉……."

거기서 화면이 갑자기 변했다. 자주 TV에서 보이던 모기향 광고가 갑자기 끼어들어 지금까지 보던 영상이 끊어졌다. 죽을 운명으로부터 도망칠 방법이 나와 있는 부분이 광고로 덮여 지워진 것이다.

마이는 떨리는 손으로 비디오플레이어의 정지 버튼을 눌렀다.

턱 언저리가 부들거리고 뭔가 말해 보려 해도 나오지 않았다. 한밤중에 원룸에 혼자 있어서 말을 할 상대도 없는데도…….

본 사람을 일주일 후에 죽게 하는 비디오테이프의 존재가 홀연히 부각되었다.

다카야마 류지의 사인(死因)에 관해 아사카와는 분명 이렇게 물었다.

"정말 류지는 당신에게 아무 말도 남기지 않았던 거죠? 예를 들어, 비디오테이프에 대한 말이라거나……."

비디오테이프는 틀림없이 다카야마 류지의 집에 있었다. 류지는 이 영상을 보고 정확히 일주일 뒤에 수수께끼의 죽음을 맞이했다.

실제로 영상을 본 사람이 아니면 그런 말을 들어도 믿지는 않으리라. 세포 하나하나를 압박해 오는 괴기스럽기까지 한 리얼리티가 모든 장면 하나하나에 깃들어 있었다.

울컥 뭔가가 치밀어 올랐다. 마이는 비디오테이프 앞에서 멍하니 있다가 구역질을 하며 화장실로 뛰어 들어갔다.

'보지 말았어야 했는데.'

이제 후회해도 늦었다. 자신의 의지로 본 것이 아니었다. 다른 누군가의 의지에 의해 억지로 보고 말았다는 생각이 강하게 들었다.

마이는 목구멍으로 손가락을 집어넣어 배 속이 텅 빌 때까지 토했다. 지금 이 순간, 배 속에 있는 것을 모조리 꺼내 버리고 싶다. 몸속 깊은 곳에 뭔가 이물질이 침입한 것이다.

위액 때문에 눈물이 흘렀다. 마이는 변기 앞에서 무릎을 꿇고 고통스러운 숨을 토했다.

자신이 서서히 소멸해 가는 감각을 잠깐 맛보면서, 그녀는 의식을 잃었다.

영상을 보고 나서 문득 의식이 사라지는 순간이 많아졌다. 일주일 동안의 일을 순서대로 남김없이 기억해 낼 수 없었다. 문득 정신을 차리면 수 시간 단위로 시간이 지난 후였고 자신이 있는 장소가 어디인지도 알 수 없었다. 마치 혼을 빼앗긴 상태 같았다.

'혼을 빼앗긴 상태.'

정말 이상한 이야기였다. 마이는 자신의 육체가 지배당하고 있다는 것을 문득 깨달았다.

비디오테이프를 보고 나서 마이의 육체에 침입한 이물질은 서서히 성장했다. 이물질이 침입하기 쉬웠던 이유는 배란일에 비디오테이프를 봐 버려서였을까. 아니면 그 비디오테이프를 본 사람은 모두 이렇게 죽을 곳을 찾아오게 되는 걸까.

마이는 난관에 있는 난자를 향해 돌진하는 무수한 정자를 상상했다. 성교육 교과서에서 한 번 본 적 있는 생생한 그림. 비디오테이프를 본 결과 대량 발생한 바이러스 형태의 미생물이 난관에 쇄도했던 게 아닐까. 그게 아니면 처녀인데도 임신한 체형이 되어 버린 이유를 설명할 수 없다.

배 속에는 틀림없이 생명이 존재한다. 두근두근 고동을 반복하며 긴장된 자궁 속에서 손발을 흔드는 생명이.

6

끈의 끝이 구부러진 무릎 근처에서 건들거렸다. 점심 때 봤던 것보다 더 내려와 있는 듯했다.

'누가, 무엇을 위해 이런 끈을 구멍에 늘어뜨려 놓은 걸까.'

물어볼 것도 없었다. 끈 한쪽 끝을 옥상 난간에 묶었을 때의 감각이 마이의 손에 남아 있었다. 플래시를 터뜨리며 찍은 스냅 사진이 의식 속에 팟, 팟, 하고 끼워지는 것처럼 어둠 속에 자신의 모습이 객관적으로 떠올랐다. 손끝 움직임도 둔했다. 무언가의 의지에 조종되어 끈을 묶은 사람은 틀림없이 바로 마이 자신이었다. 그대로 놔두면 힘이 다 빠져 버릴 것처럼 발이나 허리가 휘청휘청 흔들렸지만, 그래도 마이는 이유 없는 의무감에 쫓겨 열심히 끈을 묶었다.

끈은 집에서 나올 때부터 준비해 왔다. 끈과 함께 하나 더 준비해 온 것이 있었을 텐데 기억이 나지 않았다. 뭐였더라? 분명 비닐봉지에 들어 있었다. 푹신한 감촉만 기억났다.

비디오테이프를 본 이후, 자궁 안에서 서서히 자라난 생명은 어느새 육체에 영향력을 행사하기 시작했다. 심야에 문득 정신이 들어 귀를 기울여 보면 배 속에서 자란 이물질의 심장 소리가 들려오기도 했다. 겨우 4~5일 만에 배가 만삭으로 부풀어 오르더니 커진 유두에서는 모유가 흘러나왔다.

어째서 자신이 이런 빌딩 구멍 속에 있는 걸까? 바로 지금 마이는 이유를 명확하게 파악했다.

'낳기 위해.'

마이는 배 속에 있는 것이 자신의 자식이라고는 꿈에도 생각하지 않았다. 과연 인간인지도 의심스러웠다.

'짐승.'

아니, 생명이라고조차 생각되지 않았다.

이 이질적인 것을 남몰래 낳아야 한다는 의무감. 출처가 불명확한, 하지만 거부할 수 없는 의무감. 그것을 위해 '번데기의 고치'라는 역할에 충실해야만 한다는 일념이 마이로 하여금 행동에 나서도록 촉발시켰다.

정확히 하룻밤 전 지금쯤, 마이는 속옷을 벗어 버리고 사람들 눈에 띄지 않도록 집을 나서서 창고 거리에 있는 이 빌딩의 옥상에 올라왔다. 밤이 되면 인적이 끊기고 차조차 별로 지나지 않는 해안가에 세워진 오래된 빌딩이었다.

2층 통행 금지 철망을 넘어 비상구의 나선형 계단을 올랐다. 그리고 옥탑으로 이어진 사다리를 올라 기계실 위쪽으로 나왔다. 거기서 해안 쪽 방향으로 마치 하늘에 떠 있는 관과 같은 깊은 배기용 구멍이 있었다.

번데기가 고치에서 탈피하기 딱 좋은 장소였다. 혼이 없는 고치를 방치하기 딱 좋은 장소. 거기라면 마이의 아파트에서 멀지도 않았고 사람의 눈이 절대 미치지 않았다.

마이는 늘어뜨린 끈을 타고 구멍으로 내려오려다가 떨어져서 발목을 삐고 말았다.

'지금이 몇 시지?'

낮이라면 햇살이 움직이니 대략적인 시간을 알 수 있다. 하지만 날이 저문 밤에는 별의 움직임만으로는 시간이 얼마나 지났는지 아는 데 턱없이 부족했다.

집을 나서고 나서 아마 24시간이 지난 것 같다.

문득 마이의 가슴속에 슬픔이 솟아났다. 여기 있던 24시간 동안 의식이 대부분 다른 데 가 있어서 자아를 유지한 시간은 합쳐봐야 겨우 두세 시간 정도밖에 되지 않는다. 경악과 공포, 정체 모를 불쾌함이 몇 번이나 덮쳐 왔지만 슬픔을 맛본 것은 처음이었다.

마이의 육체는 '그때'가 다가옴을 알았다.

일어나려고 해도 일어날 수 없었다. 소리를 지르고 싶은데 목 안쪽이 굳었다. 그와 반대로 태내의 움직임은 점점 활발해지고 격해졌다. 내부로부터 압박해 오는 힘에는 생명이 넘치고 있었다.

생명력이 옮겨 가고 있었다. 지금까지의 22년을 생각하니 마음이 아파 왔다. 정체 모를 것에 몸을 빼앗겨 낳기만을 위한 도구로 자신의 육체가 희생되기엔 지금까지의 자신이 너무나도 불쌍했다.

마이는 눈물이 나는 이유를 이해했다. 삶을 무가치하게 만들어 버리는 것에 대한 공포가 슬픔을 가눌 수 없게 만든 것이다.

11월 중순…… 이 며칠 동안 따뜻한 날씨가 이어졌다. 그래도 밤이 되면 춥다. 콘크리트의 냉기가 등을 타고 뼈까지 전해져 더 추웠다. 어디서 흘러나왔는지 가느다란 물의 막이 벽 안쪽에 생겨났다. 미끈하고 따뜻한 감촉이 더욱 슬픔을 증폭했다.

마이가 오열을 터트렸다.

'살려 주세요. 살려 주세요.'

말소리는 낼 수 없었다. 진통이 솟구치는가 싶더니 바다의 거대한 파도를 연상시키며 슬픔과 추위, 모든 감정을 한 번에 휩쓸어 없앴다. 바닷물 냄새가 짙어졌다. 지금 이 시간은 분명 밀물이리라.

마이가 어렸을 때 어머니가 이렇게 말했던 적이 있다.

'너는 밀물 때에 태어났단다.'

자연의 리듬 속에서 사는 한, 인간은 밀물 때 태어나고 썰물 때 죽는다고 어머니가 말했다.

생과 사, 두 가지가 동시에 일어날 것 같은 기색이 짙어졌다. 그렇다면 그것은 밀물일까 썰물일까. 중력의 변화는 틀림없이 생사에 영향을 준다.

진통이 다소 잦아들었다. 몰아치는 파도의 리듬보다 많이 느려졌다. 일정 리듬 위에 낮은 선율이 겹쳐진 느낌이었다. 배의 기적소리와 멀리서 들리는 클랙션 소리가 효과적으로 악센트를 주고 있었다. 밤거리의 소리가 겹겹이 덧씌워져 음악으로 들릴 뿐일까.

아니면 빌딩의 어느 방에서 흘러나오는 음악이 지금까지 흐르고 있는 것일까. 아니면…….

마이에게는 음악이 진짜 흐르고 있는지 아닌지 판단할 힘이 없었다. 환청과 현실의 소리를 구분할 수 없었다. 그저 듣고 있으니 마음이 진정되는 것은 확실했다.

신비로운 선율에 육체의 고통이 수그러들고 마이는 순간 신기한 기분이 들었다. 분명하지 않은 소리의 근원이 뭔지 문득 짚이는 것이 있었다. 그리고 설마 하는 생각에 곧바로 부정했다. 고개를 들고 자신의 배를 바라보았다.

'누구야? 그런 데서 노래를 부르는 게.'

마이는 배 속에 있는 생명이 모체의 고통을 누그러뜨리기 위해 노래하는 모습을 상상했다. 양수로 가득한 캄캄한 자궁은 지금 마이가 있는 환경과 비슷하다. 캄캄한 배 속에서 부드럽게 노래 부르는 존재가 이제 곧 얼굴을 내밀 것 같다.

노랫소리를 들으니 어린 여자의 목소리였다. 가까운 곳에서 들리기도 했고 다리 부근에서 맴돌며 들려오는 소리도 있었다. 목소리의 주인이 노래를 일단 멈추더니 낮고 가느다랗게 말하기 시작했다.

과거에 한 차례 죽었던 여자였다. 여자는 분명히 그렇게 말했다.

'저는 전에 우물 바닥에서 죽었어요.'

그녀는 야마무라 사다코라고 스스로를 소개하며 아주 간단히 지금까지 있었던 일을 이야기했다.

믿지 않을 수 없었다. 비디오테이프의 영상은 비디오카메라로 촬영된 것이 아니라, 야마무라 사다코의 오감을 통해 염사 작용으로 찍힌 것이라고 목소리가 말했다. 마이는 '아아, 그렇구나.' 하고 자연스레 납득했다. 비디오 영상을 볼 때 야마무라 사다코라는 미지의 여성의 감각과 마이의 감각이 완전히 일치했었다. 아기의 생생한 영상이 마이의 뇌리에 깜박거렸다.

자궁 입구는 이제 완전히 넓어졌다. 마이는 혼자서 진통이 오는 간격에 맞춰 숨을 쉬었다. 고통을 담은 목소리가 좁은 공간을 울리며 귀로 돌아왔다. 도무지 자신의 목소리 같지 않아서 위화감이 들었다.

진통 간격이 처음보다 짧아졌다. 짧아진 만큼 생명 탄생을 향한 에너지가 강하게 응축되었다. 자궁과 복근의 수축이 반복되었다.

마이의 머릿속에서는 거대한 파도가 끊임없이 부서지고 흩어졌다. 그 리듬에 맞춰 한가득 숨을 들이쉬고, 내쉬고, 소리를 지르고 싶은 것을 참으며 온 힘을 하체에 집중시켰다.

지금쯤 달이 지구를 돌아 서서히 만조 때가 되어 가고 있으리라.

갑자기 마이에게 격한 진통이 덮쳐 왔다. 아랫배에 에너지가 응축되었고 그것이 덩어리가 되어 출구에서 튀어나오려 하고 있다. 마이는 팔을 뻗었다. 뭐라도 좋으니 잡고 싶었다.

'태어난다!'

그 감각이 온몸을 꿰뚫었을 때, 마이의 의식이 툭 멀어졌다.

7

정신을 잃었던 것은 불과 2~3분에 지나지 않는 것 같다. 의식이 명확해짐에 따라 마이의 망막에는 자신의 다리 근처에 바스락 거리며 움직이는 작은 형체가 비쳤다.

아기는 소리없이 자궁에서 기어 나와 몸을 굽혀 상반신을 들어 올리려 했다. 두 손을 자유롭게 써서 마치 수영을 하는 모습 같았다. 첫울음 없는 무언의 움직임……. 그것만으로도 이미 의지를 가진 존재라는 사실을 강하게 웅변하고 있었다.

마이의 가슴에는 모성을 의미하는 기쁨이나 감동이 전혀 생겨나지 않았다. 드디어 낳았다는 사실만이 멍하니 몸에 스며들었다. 이물질을 배출했다는 안도감이리라.

눈이 익숙해지니 작은 형체가 점점 뚜렷해졌다.

온몸에 양수가 뒤덮여 별빛 아래 번들거리는 피부의 아기는 두 손에 끈 같은 것을 필사적으로 쥐고 있었다. 마이의 몸에서 이어진 쭈글쭈글한 끈…… 두 손에 쥐고 있는 것은 탯줄이었다.

태어나긴 했지만 아기는 아직 마이의 몸에서 떨어져 나간 것이 아니었다. 탯줄로 이어져 있었다. 정확히 이 구덩이 속에 늘어진 끈같이. 빨리 끊어 버리고 싶었다. 하지만 자기 힘으로는 아무것도 할 수 없다. 힘없이 누워서 되는 대로 몸을 맡길 뿐이었다.

무력한 마이에 비해 아기의 움직임은 활발했다. 밧줄처럼 뭉친 탯줄을 두 손으로 당겨 입으로 끊으려 했다. 물론 아직 이가 나 있지는 않아서 잇몸으로 탯줄 중간을 물고 목을 옆으로 흔들었다. 아기라고는 생각할 수 없을 정도로 무시무시했다. 작은 얼굴이 도깨비처럼 일그러졌다.

기다란 비엔나소시지를 억지로 잡아뜯어 내는 것이나 마찬가지였다. 탯줄을 다 끊어 낸 아기는 다리 밑을 굴러 다니던 비닐봉지에서 젖은 수건을 꺼내 몸을 닦기 시작했다.

젖은 수건은 끈과 함께 마이가 직접 준비한 것 같다. 뛰어내릴 때 발밑 부근에 떨어져 눈에 보이지 않았던 모양이다.

마이 자신도 모르는 새 출산 준비를 해 두었나 보다. 자궁에서 자라고 있는 태아의 명령에 따른 것으로 볼 수밖에 없었다. 하지만 마이는 그 사실을 영 실감하지 못했다.

마이의 자궁은 계속 수축하고 있었다. 조금 더 힘을 줬더니 태반이 나올 것 같은 감각이 들었다. 태반이 난막과 함께 배출되자 마이의 배는 지금까지와 다르게 평평해졌다.

평평한 배 너머로 아기의 전체 모습이 점점 뚜렷해졌다.

아기는 몸을 닦고 있었다. 온몸의 주름을 펴는 것처럼 천천히. 태내에 있을 때부터 태어난 이후에 할 행동을 알고 있던 것이다. 기막히게 능란했다.

닦는 것을 대강 마친 아기는 편안한 포즈로 주저앉아 입을 움직이기 시작했다.

'뭘 하고 있는 걸까?'

얼굴과 손이 움직이는 모양으로는 뭔가를 먹는 것처럼 보였다. 게걸스럽게 먹는 모습을 보자 마이도 식욕이 자극되어 고개를 힘껏 들었다.

짙게 변색된 피가 작은 입술에 들러붙어 있었다. 우물우물 고기를 씹는 소리가 들렸다.

아무래도 태반을 먹고 있는 듯했다.

아주 영양가 높은 태반을 볼이 미어터지도록 입에 넣는 아기의 몸은 아까보다 커져서 생명력을 뿜어냈다. 아기는 허기지고 쇠

약한 마이의 육체 일부를 먹으며 만족스럽게 웃었다.

어둠 속에서 눈이 마주쳤다. 작은 얼굴에 순간, 동정심이 떠올랐다.

"당신이 야마무라 사다코군요."

마이는 가까스로 목소리를 냈다.

아기는 눈을 피하지 않고 부드러운 머리카락이 딱 붙은 이마를 앞으로 기울였다. 야마무라 사다코라는 것을 긍정하는 몸짓으로 보였다.

바로 대각선 위쪽에서 끈이 드리워지더니 어깨 근처를 살랑거렸다.

아기가 결연하게 그 끈을 쥐더니 그 자세 그대로 마이를 물끄러미 바라보았다. 태도를 보니 바깥 세계로 나가려는 의지가 엿보였다. 아기는 끈을 붙잡고 탈출할 생각인 것이다.

예상대로 아기는 몸을 위로, 위로 끌어올리기 시작했다. 도중에 움직임을 멈추고 마이를 내려다보더니 눈을 깜박거리며 의미 있는 시선을 던져 왔다. 무슨 말을 하고 싶은 것일까? 적의나 동정, 슬픔은 전혀 담겨 있지 않은 무표정이었다. 주름이 쪼글쪼글한 작은 얼굴이라 표정을 읽을 수 없어서 그럴까…….

드디어 배기구 가장자리에 도착한 아기는 별빛이 비치는 검은 윤곽을 짚고 올라섰다. 불완전하게 잘린 탯줄이 윤곽 속에서 또렷하게 보였다. 탯줄은 짐승의 꼬리 같기도 했고 귀신의 뿔 같기도 했다.

아기가 가장자리에 멈춰서 잠시 마이를 내려다보았다. 마이는 검은 그림자에 매달리고 싶었다.

'살려 줘.'

이 아이 말고는 아무도 없다. 도움을 구할 사람이 자기가 낳은 이밖에 없다니……. 보호하는 건 낳은 쪽이어야 하는데 입장이 거꾸로 되었다.

마이의 바람도 헛되이, 아기는 오히려 끈을 위로 잡아당겼다. 탯줄을 억지로 잡아 끊는 것과 똑같은 행위였다. 늘어뜨려 둔 채로 놔두면 자립할 수 없는 것일까.

하지만 끈만은 두고 가길 바랐다. 바깥 세계와 이어질 수 있는 유일한 연결고리를 구태여 걷어치워 버리는 이유가 어디 있을까. 거미줄을 끊지 말아 주었으면 했다. 영원히 지옥에서 올라갈 수 없게 되어 버린다.

마이는 필사적으로 호소하며 아기의 잔혹함을 원망했다.

비통한 의무감에 지배되어 한 행동인지 아기의 움직임은 냉정함 그 자체였다. 마이의 호소를 조금이라도 들었다는 기색조차 보이지 않았다.

'제발, 버리지 마.'

끈이 끌려 올라가는 것과 동시에 아기의 얼굴도 배기구 테두리에서 사라졌다. 무엇을 하고 있을까? 아직 버스럭대는 소리가 들렸다. 아직 사라지지 않았다.

아기는 고개만 테두리에서 빼꼼히 내밀더니 왼팔을 빠르게 움직여 마이에게 뭔가를 집어 던졌다. 엷게 밝아 오는 하늘 가운데서 그것은 나선 모양으로 뒤얽힌 뱀처럼 보였다. 여러 겹으로 꼬인 끈 뭉치는 마이의 배 위에 떨어져 무게도 없이 도사리고 있었다. 그냥 장난일까? 그렇다고 보기엔 의미도 알 수 없고 악의의 냄새가 풍겼다.

아기는 씨익 웃더니 아무 주저도 없이 밤의 어둠 속으로 사라졌다.

이제 어디로 갈까? 그리고 무엇이 되려 하는 걸까?

마이의 눈에는 배 한가운데 짧게 드리워진 탯줄이 여운이 되어 언제까지고 남았다. 아무래도 역시 귀신이 떠올랐다.

도쿄 만 방향에서 배 기적 소리가 들려왔다. 늑대가 울부짖는 소리와도 비슷했다. 살아 있는 것의 생생한 외침과 비슷했다. 이 소리에 호응해 육지 안쪽의 주택가 한쪽에서도 개가 작게 짖었다. 바다도 가깝고 인가도 생각만큼 멀지 않았다. 그럼에도 불구하고 여기는 완전히 이계의 법칙에 지배되고 있었다.

밀물은 지금을 경계로 썰물로 변할 것이다. 별다른 일이 아니다. 생과 사는 모순되지 않고 이 공간에도 잘 혼재하고 있다.

마이는 힘없이 웃으며 아기가 떠난 자리의 어둠을 바라보며 앞으로 벌어질 일을 떠올렸다.

한편으로 빨리 아침이 되길 바랐지만 밤은 아직 한참은 더 남아 있는 듯했다. 동틀 때까지 자신의 의식이 남아 있을지 어떨지는 자신이 없었다.

지금, 문득 별이 가까이 떨어지는 느낌이 들었다. 아니면 자신이 별까지 떠오른 것일지도……. 기분은 그리 나쁘지 않았다.

죽음이 바로 지척에 와 있었다.

레몬 하트

1

1990년 11월

수용 인원 약 400명 정도 되는, 옛날부터 익숙하게 다녔던 극장의 꿈을 꿨다. 객석도 무대도 아니었다. 객석 훨씬 안쪽의, 무대를 정면으로 내려다보는 위치에 있는 음향효과실에서 지시를 받는 중이었다. 캐비닛에 빽빽하게 들어찬 음향 믹서나 오픈 릴 테이프리코더가 스탠드 불빛 아래 놓여 있었다. 의자에 앉아 테이프리코더의 재생 버튼에 왼손 검지를 얹고, 음향 믹서의 음량을 왼손으로 조절하면서 연극이 진행되는 무대를 응시했다. 지금 꿈을 꾸는 중이란 사실은 자각하고 있었다. 이 다음에 일어날 일도 예상할 수 있는데 잠에서 깨어나진 않는…… 그런 자신을 의식할 수 있는 것이 신기했다. 수면과 각성의 경계를 오락가락하며 어느 쪽이라고 확실히 말할 수 없는 상태였다.

조명실 바로 옆에 있는 음향효과실은 무대에서 펼쳐지는 연극에 몰입하게 하는 중요한 역할을 맡고 있다. 연극의 진행을 살피며 무대 감독의 신호를 받아 조명 담당자의 호흡에 맞춰 절묘한 타이밍에 음악을 내보내고 효과음을 삽입한다. 그 극단은 음악에 특히 민감했다. 곡의 리듬에 맞춰 연기자의 움직임이나 대사가 정해지기 때문에 소리를 내보내는 타이밍이 어긋나면 연기 자체가 망가져 버린다. 그래서 음향 담당자는 늘 신중해야 하며 연극이 끝날 때까지 긴장을 늦출 수가 없다.

무대에는 가장 좋아하는 젊은 여배우가 드디어 맡게 된 역할을 진지하게 연기하는 중이었다. 첫 무대이니 여배우로서의 인생을 좌우할지도 모르는 중요한 순간을 열심히 연기하고 있었다.

개인적으로 호의를 가지고 있을 뿐이었지만, 음향을 내보내는 타이밍을 더욱 신중히 헤아렸다. 손끝에 애정을 담아 재생 버튼을 눌러야 했다. 너무 긴장해서 손끝에 땀방울이 맺혔다.

음악에 맞춰 딱 한 소절 노래하면 되는 장면이었다. 재생 버튼을 누르면 직접 녹음하고 편집한 곡의 한 소절이 무대 정면의 스피커에서 흘러나올 것이다.

재생 버튼, 온(ON).

그런데 스피커에서 들어 본 적이 없는 소리가 나왔다. 음악조차 아니었다. 효과음이라 해도 무척 기분 나쁜 소리였다. 잘 들리지는 않았지만 사람의 신음처럼 들렸다. 밝은 노래를 부르는 장면에서 들리는 그 소리에는 연극을 망치기 충분한 파괴력이 있었다.

눈앞에서 돌아가는 릴 테이프는 분명 직접 편집한 테이프였다.

어느 부분에 무슨 소리가 들어 있는지 완벽하게 파악하고 있다. 그런데 지금 흘러나오는 소리는 전혀 예상치 못한 기분 나쁜 신음이었다.

'대체 어떤 놈이, 언제, 이런 부분에, 이런 소리를 삽입한 거지?'

해결책을 생각할 여유도 없었다. 갖가지 의문에 휩싸여 패닉에 빠져 버렸다. 결국 다음 장면에 나와야 되는 소리인 전화벨까지 장내에 울려 퍼져서 수습할 수 없는 지경에 이르렀다.

아직 신인이라 애드립으로 상황을 넘길 줄 모르는 젊은 여배우가 연기를 멈추고 음향실을 쳐다보았다. 객석 조명은 꺼져 있고 음향실만 불이 밝혀져 있으니 무대에서 음향실의 모습이 훤히 보이리라.

젊은 여배우는 좋은 시력을 무기로 이쪽을 노려보며 서서히 비난의 빛을 눈빛에 실었다.

'잘도 내 첫 무대를 망쳤겠다.'

망했다. 왜 그런 데에 기분 나쁜 신음이 삽입되어 있었을까? 결코 설명할 수 없다. 이 사태를 책임지라는 말은 받아들일 수 없다. 피해를 받은 사람은 이쪽이란 말이다.

변명을 하고 싶은데 말이 나오지 않았다. 몸도 경직되어 움직일 수 없었다. 가위에 눌린 것처럼.

이제 무대에 있는 출연자들 모두가 연기를 멈추고 음향실을 올려다보고 있었다. 덩달아 관객들마저 몸을 돌려 이쪽을 주시하기 시작했다. 비난을 가득 담은 시선을 온몸에 받고 있으니 견딜 수가 없었다.

'내 탓이 아니야. 내 탓이 아니라고.'

말로 나오지 않은 변명이었지만 어째서인지 마음의 소리가 마이크로 증폭되어 극장 전체에 울려 퍼졌다.

"내 탓이 아니야. 내 탓이 아니라고."

거의 절규처럼 들리는 변명이 사람들의 비난에 기름을 부어, 강하게 규탄하는 분위기가 극장 전체를 뒤덮었다.

그중에서도 유난히 날카로운 시선을 던지는 사람은 무대에 처음으로 출연한 젊은 여배우였다. 함께 극단에 입단한 동기로, 연구생 시절에 함께 잡일을 맡아 하며 의기투합해서 다니는 동안 사랑하게 된 여자였다. 잘해 주고 싶었는데 잘해 줄 수 없었다. 아니, 도리어 발목을 잡고 말았다. 내심 여배우로 성공하길 바랐던 상대의 미래를 지금 빼앗아 버린 현실에 분해서 치가 떨렸다. 사랑한다는 말을 해 봤자 현실에서 이루어질 리 만무했다. 도야마는 가슴을 움켜쥐고 식은땀을 흘리며 꿈에서 깼다.

꿈에서 깨어났지만 처음에는 지금 어디에 있는 건지 알 수 없었다. 호흡을 억누르고 주변을 둘러보며 도야마는 상황을 파악하려 했다. 거울이 붙어 있는 천장…… 익숙치 않은 원형 침대…… 욕실 타월을 걸친 여성이 그 큰 침대 옆에 앉아 있었다.

여성의 얼굴을 올려다보려 했더니 갑자기 가슴이 조여 오며 통증이 느껴졌다. 몸이 떨리고 식은땀이 등줄기를 적시며 흘러가는 것이 느껴졌다. 요즘 자주 허리나 가슴의 통증을 느꼈다. 도야마는 또 이렇다며 불안에 휩싸였다. 역시 의사에게 가 봐야겠다는 생각이 들었다.

"가위에 눌렸나 봐."

여자가 자못 우스운 것을 봤다는 듯이 야유 섞인 웃음을 짓고 있었다.

"아. 그래……."

도야마는 누운 채로 잠시 가만있었다. 지금 여기서 섣불리 움직였다가는 현기증으로 쓰러지기 십상이다. 호흡이 가라앉길 기다렸다.

머뭇거리며 몸을 뒤척여 보았다. 아무래도 괜찮은 듯했다.

조용히 여자에게서 떨어져 꿈의 내용과 현실의 괴리를 느끼며 한숨을 푹 쉬었다. 꿈이라는 것을 알면서 계속 무서운 꿈을 꾸었던 경험은 몇 번이나 있었다. 알고 있어도, 같은 꿈 때문에 두려움에 떨며 현실이 아니라는 것에 안도하곤 했다.

손목시계를 보며 도야마는 여자에게 물었다.

"나 몇 분 정도 잔 거야?"

"15분부터 잤을 거야, 아마. 잠들어서 먼저 샤워하고 나왔더니 당신, 심하게 가위에 눌리던걸. 나쁜 짓을 하도 많이 해서 벌 받는 거 아냐?"

도야마는 쓴웃음을 지으며 베개에 얼굴을 묻었다. 여자가 무슨 생각으로 그런 이야기를 하는지 잘 알 것 같다. 처자식이 있는 주제에 계집질을 끊지 못하는 47세 남자라니. 바람피우는 것을 아내에게 들킬까 봐 겁나서 그러는 것 아니냐, 그런 뜻이리라.

술에 취하지는 않았다. 그리 늦은 시각도 아니다. 오후 2시다. 호텔 밖에 나가면 11월 말의 맑게 갠 푸른 하늘을 볼 수 있으리라. 일하다 보니 어쩌다 시간이 비어서 점심이라도 함께 하자며 옛날 친했던 애인과 호텔에 들어왔다. 식사와 섹스의 만족감에 더해 피로까지 누적된 탓인지 급작스레 수마가 덮쳐 왔다. 고작 10여 분 만에 꾼 꿈의 단편……. 간단히 의미 부여를 할 수 있다. 24년 전, 갓 스물세 살 대학생이었던 무렵에도 몇 번이나 똑같은 꿈을 꾸었다.

그 꿈에는 다양한 변형이 있었다. 극장 음향효과실에서 음악을 틀자마자 접착테이프로 연결해 둔 오픈 릴 테이프가 뿌직, 하는 소리와 함께 끊어졌을 때도 있었고, 연극 장면과 어울리지 않은 이상한 소리가 나온 적도 있다. 첫 무대에 선 여배우가 등장하는 장면은 산산조각 나고 무대는 엉망진창이 된다. 어떤 변형에서도 공통되는 부분은, 좋아하는 여성이 첫 무대에 서는 중요한 순간에 도야마 자신의 손으로 틀어 놓은 소리가 그녀의 연기를 망가뜨린다는 점이었다.

24년 전에 도야마는 이것과 같은 꿈에 시달렸다. 당시 히쇼 극단의 음향 담당자로 음향효과실에 앉아 있던 처지였기에 실제 일어날 수 있는 일이기도 했고 비슷한 사건을 경험하기도 했다.

그날 이후, 24년 동안 꾸지 않았던 꿈을 왜 요새 연이어 꾸게 되었을까? 그 이유는 어느 정도 짐작이 갔다.

지금도 명함지갑 안에는 그의 명함이 들어 있다.

'M신문사 요코스카 지국 요시노 겐조.'

M신문사의 요시노라고 이름을 대며 그가 갑자기 전화를 걸었던 게 겨우 한 달 전의 일이었다.

평일 오후, 점심을 먹고 돌아온 도야마는 회사 안내데스크에서 그의 전화를 받았다. 요시노는 도야마의 이름과 그가 1965년에 히쇼 극단에 입단한 사실을 확인하더니 한 호흡 쉬고 물었다.

'실례지만, 야마무라 사다코 씨에 대해서 좀 여쭤 봐도 될까요?'

초조함을 억누르고 절박하게 묻는 기자의 말투까지 또렷하게 기억하고 있다. 말투까지 기억에 강하게 남는 것도 당연했다. 어쨌건 생판 모르는 사람이 그리운 야마무라 사다코의 이름을 들먹였으니 말이다. 24년간, 어쩌다 떠오른 적은 있어도 결코 제삼자가 말한 적은 없었던 그 이름. 그녀의 얼굴을 떠올릴 때마다 도야마는 가슴이 저미고 심장이 빠르게 두근거렸다. 아직 마음의 상처가 낫지 않았다.

가능하면 만나서 야마무라 사다코에 대한 이야기를 듣고 싶다는 요시노의 요청을 승낙했다. 딱 한 번 그와 만나 봤다. 도야마에게도 흥미로운 이야기였다. 만나지 않을 이유가 없었다. 회사 바로 근처의 아카사카에 있는 찻집에서 요시노와 이야기할 시간을 냈다.

어지간히도 신문기자스러운 풍채의 요시노는 이따금 턱수염을 만지며 먼 기억을 떠올렸다. 문제의 중심은 야마무라 사다코가 실종되기 전후의 사정이었다.

'야마무라 사다코 씨는 1966년 히쇼 극단의 공연을 마지막으로 소식이 끊겼군요.'

극단을 떠난 뒤 그녀의 소식에 대해 요시노 기자는 집요하게 궁금해했다. 요시노는 초조해하지도 않고 천천히 뜸을 들이며 질문을 해 왔지만, 대화 방향이나 표정만 봐도 야마무라 사다코에 대한 깊은 관심을 충분히 엿볼 수 있었다.

'24년 전 야마무라 사다코의 소식.'

도야마가 알 리 없었다. 그 역시도 죽을 만큼 야마무라 사다코를 찾았었다. 어디로 사라졌는지 알았다면 도야마의 인생은 지금과 달랐으리라.

악몽이 되살아난 이유는 명백하다. 요시노 기자가 도야마 앞에 나타나 야마무라 사다코의 이름을 말했기 때문이다. 일찍이 몇 번이나 그를 괴롭혔던 악몽이 다시 나타난 이유가 달리 있을리 없다.

2

호텔에서 나오니 햇살이 눈부셨다. 밀실에서의 행위 후에 느낀 일종의 죄책감 탓일지도 모르겠으나, 특히 빛이 너무 세서 견딜 수가 없었다. 한편으로 가을 말의 상쾌한 냄새가 이곳저곳에서 느껴졌다.

빠르게 걷다가 인적이 드문 곳에서 여자 손을 빠르게 쥔 도야마가 한껏 낮춘 목소리로 말했다.

"그럼 이제 여기서……."

"이제 회사로 돌아가는 거야?"

여자가 걱정거리 하나 없는 얼굴로 답하며 허리를 짚고 있던 손을 작게 흔들었다. 잘 가라는 신호였다.

"그래. 일이 산더미야."

"그런데도 이 짓은 못 참나 보지. 늘 그렇다니까."

여자가 손을 벌려 도야마의 사타구니를 슬쩍 들어 올리는 손짓을 했다.

문득 이제 때가 되었다는 생각이 들었다. 더 이상 도야마도 젊지 않다. 아까 같은 발작이 몇 번씩 일어난다면 언제 생명을 잃을지 모르는 일이다.

"또 전화할게."

도야마가 입술만으로 작게 키스하며 몸을 날렸다. 잠시 걷다가 뒤를 돌아보니 여자가 아직 이쪽을 보고 있다. 손을 흔들어 보이며 노기자카에서 히토쓰기도리 거리로 서둘러 떠났다. 일이 산더미처럼 쌓여 있다는 말은 거짓이 아니었다.

대학교 3학년 때에 갑자기 극작가가 되려는 결심을 하고 히쇼 극단의 문예 연출부에 들어간 것까진 좋았는데, 워낙 잘난 극작가나 연출가 선배들이 우글거리는 바람에 역량을 발휘할 곳을 찾을 수 없었다. 음악 담당으로 자리를 옮겨 적당히 일을 배우고 1년 늦게 대학을 졸업한 뒤 음반 회사에 요행히 들어가 디렉터가 된 지 23년이 지났다. 극단에 있던 시절에 음악 담당을 했던 경험을 살려 취업한 것이다. 일을 막상 시작해 보니 제법 재미있어 천직인가 싶을 정도로 적성에 맞았다.

스튜디오에 들어와 리코딩 작업을 하다가 일이 힘들다고 느껴진 적은 한 번도 없었다.

상사들과 기획 회의를 하면서 가끔 기분이 나빴던 적도 있었지만 뮤지션들과 하는 업무는 거의 스트레스도 없고 보람찬 일이어서 취직하길 잘했다고 실감하고 있다. 게다가 업계 전체가 전에 없던 호황을 누리고 있어서 더욱 전망이 기대되었다. 어떤 분야든 업계 상황에 따라 급여는 물론 노는 물이 달라진다. 도야마는 현재 자신의 처지에 불만을 가져 본 일이 거의 없다. 회사에서 맡은 일도 별로 어렵지 않은 일밖에 없다. 최근 몸 상태가 좋지 않은 것만 빼면 걱정할 일은 아무것도 없었다.

그저, 요시노의 입에서 야마무라 사다코의 이름을 듣기도 했고 아까도 그녀의 꿈을 꾸어서 정리되지 않은 붕 뜬 기분이 된 것은 확실했다. 야마무라 사다코는 그에게 최고의 여성이었다고 할 수 있다. 첫 번째 결혼에서 실패한 도야마는 두 번째 결혼에서 겨우 안정을 찾았고 아이도 생겼다. 나이에 걸맞지 않을 정도로 어린 아내와 아이들에게 둘러싸인 생활을 하고 있으니 그럭저럭 만족할 만하다. 하지만 '만약'이라는 가정을 해 본 적이 가끔 있다.

'만약 야마무라 사다코와 결혼했다면 어떻게 됐을까?'

다양하게 '만약'을 가정해 봤다.

'만약 지구 종말이 온다면, 그때 누구와 함께 있을까?'

'다시 한 번 인생을 살 수 있다면 누구와 함께할까?'

'생에 단 한 명의 여자만 안을 수 있다면 누구와 할까?'

어떤 경우라도 도야마의 답은 야마무라 사다코였다. 지금 이 순간, 그녀가 나타나 자신을 받아들여 준다면 모든 것을 버릴 각오가 있었다. 다시 한 번 그녀의 살을 만질 수 있다면 죽어도 여한이 없었다.

'전화를 해야겠군.'

일을 오늘 중에 정리하면 내일인 11월 27일은 꽤 시간 여유가 날 것 같다. 요코스카까지 오라고 하면 물론 갈 생각도 있었다.

직장에서 전화를 걸기보단 길에 있는 공중전화가 낫겠다는 생각이 들어 도야마는 전화카드와 명함을 꺼내 길가로 갔다. M신문사 요코스카 지국의 번호를 눌렀다. 전화를 받은 사람은 요시노

젠조 본인이었다.

이전에 했던 전화로는 일방적으로 야마무라 사다코에 대해 이것저것 질문만 들었다. 요시노는 급한 일이라도 있었는지 이쪽 질문에는 거의 대충 답하며 궁금한 점만 잔뜩 묻더니, 정보를 더 이상 얻을 수 없다는 것을 알자 오래 앉아 있을 필요가 없는 듯 곧바로 일어나 떠났다. 도야마의 머리에 무수한 의문만 남기고 떠난 그는 너무 일방적이며 무례했다.

'왜 M신문사 기자가 야마무라 사다코의 소식을 캐고 다니지?'

지당한 의문이 머릿속에 떠올랐다. 도야마는 전화를 받은 요시노에게 솔직하게 물으며 만나서 이야기하고 싶다는 내용을 정중하게 전달했다.

여차하면 요코스카까지 나갈 의향을 내비쳤는데, 요시노는 그렇게까지 할 필요는 없다며 내일 일정을 간단히 설명했다. 어제 신문사 동료가 시나가와의 병원에서 죽었는데, 장례식 때문에 다음 날 시나가와에 갈 예정이니 식장에서 나와 한 시간 정도 시간을 낼 수 있다고 했다.

'교하마 급행 신반바 역 개찰구. 오후 4시.'

도야마는 만날 시간과 장소를 확인하고 필요 사항을 수첩에 적은 후 수화기를 내려놓았다.

3

날이 빠르게 저물었다. 오후라기에 늦은 시각이라 하늘이 어둑하게 저물더니 빠른 속도로 해가 떨어졌다. 공기는 현저하게 식어서 번화가 방향인 개찰구에는 초겨울의 한기가 강하게 떠돌았다.

그 개찰구에서 예정 시간보다 5분 빠르게 도야마와 요시노가 만났다.

기분 탓인지 요시노는 한 달 전에 비해 까칠해 보였다. 좀 전에 후배 장례식에 갔다 왔다고 하니, 분명 그 일이 관계없진 않으리라. 자신보다 젊은 사람이 세상을 뜨면 누구나 풀 죽게 마련이다.

도야마는 게이힌 급행선의 신반바 역에 내린 것이 처음이었다. 동쪽으로 조금 가면 운하가 나오고 그 바로 앞에는 해안길이 남북으로 펼쳐져 있다고 한다. 도로의 바다 쪽으로는 한산한 창고 거리가 조성되어 있고, 도쿄 만을 지나다니는 뱃고동이 멀찍이 들려오는 곳이다.

도야마와 요시노는 함께 걸으며 해안길로 나와 바로 보이는 찻집에 들어갔다. 가게에 들어가 커피를 주문하자마자 요시노의 주머니에 있는 삐삐가 울렸다. 이야기를 시작할 틈도 없이 자리를 뜨고 가게에 있는 분홍색 전화기를 귀에 대고 번호를 누르는 모습이 제법 그럴듯했다.

요시노가 수화기에 대고 말하는 내용이 도야마의 귀에 자연스레 들려왔다.

"뭐? 다카노 마이의 시체가 발견됐다고?"

다카노 마이…… 당연히 도야마는 처음 듣는 이름이었다. 흥미가 있는 것은 야마무라 사다코에 관한 일밖에 없다. 모르는 여자의 이름을 들어 봐야 없던 관심이 생기거나 하진 않는다. 도야마는 가볍게 흘려들을 생각이었다.

요시노는 목소리를 낮추지도 않고 몸을 웅크려 수화기에 대고 떠들기 시작했다. 시종 풀죽은 표정이었는데, 사건 냄새를 맡자 신문기자답게 활기를 되찾았다.

"3일 전…… 장소는…… 히가시시나가와, 뭐? 바로 옆이잖아. 시간 있으면 현장에 들러 봐도……. 그래. 어느 쪽인데? 그러니까 사법해부냐, 행정해부냐. 어느 쪽으로 갔는데? 그래. 알았어. …… 호오. 사후 90시간. 무슨…… 죽기 직전에 출산한 흔적이라…… 탯줄? 진짜? 그럼 애는 어디 있어? ……뭐, 없다고? 없다니…… 흔적도 없다고?"

도야마도 사정을 대충 알 수 있었다. 3일 전 이 근처에서 다카노 마이라는 여성의 시체가 발견되었는데 해부했더니 죽기 직전에 아이를 출산했다는 사실이 판명되었다. 그런데 그 아기가 없어졌다는 내용이다.

상당히 충격적인 사건 보고였다. 하지만 역시 전혀 모르는 장소에서 일어난 일이다. 누가 어떻게 죽었는지도 관계없는 일이었다. 죽기 직전에 그 여자가 무엇을 낳았는지도……. 그렇지만 기묘하게도 출산 직후 누구의 힘도 빌리지 않고 아기가 혼자 모습을 감추었다니…….

관계없다고 생각하는 한편으로 도야마는 신경이 곤두섰다.

'다카노 마이.'

처음 듣는 이름인데도 마음 한 켠에 깊이 새겨지는 이유가 무엇일까?

사후 경직이 시작된 시체 옆에서 꼬물거리는 물체가 연상되었다. 엄마의 시체를 타고 넘어 걸어가는 아기였다.

갑자기 오한이 들었다. 다카노 마이의 출산에 대해 강한 직감이 왔다. 흥미가 없다고, 관심이 없다고 할 수 없었다. 허리를 굽혀 수화기를 들고 경우 없이 큰 소리로 말하는 요시노의 그 한 마디 한 마디가, 사실의 단편이 생생한 영상이 되어 뇌리에 펼쳐졌다. 조각 난 곡의 편린이 한 곡의 음악으로 편집되어 훌륭하게 완성되는 느낌이었다.

도야마는 눈을 감고 고개를 뒤로 젖혔다. 전화하던 목소리가 멎었다. 순간의 공백이 흘러 눈을 떠 보니 언제 돌아왔는지 요시노가 정면에 앉아 있었다. 도야마는 요시노가 전화를 하던 단 몇 분이 지독하게 왜곡된 시간처럼 느껴졌다. 비틀려 있는 다른 차원에 뚝 내동댕이쳐진 몇 분간.

"왜 그러십니까?"

놀람과 허탈이 뒤섞인 표정 때문인지 요시노가 걱정스럽게 말했다.

"아뇨……. 그런데, 무슨 안 좋은 사건이라도 벌어졌나 보군요."

도야마는 의자에 파묻히듯 앉아 있던 자세를 바꿔 크게 한숨을 쉬며 말했다.

"아니, 사건이 될지는…… 젊은 여성이 빌딩 옥상에서 시체로 발견된 것이 전부니까요."

"이 근처 빌딩입니까?"

"네. 히가시나가와의 빌딩 옥상 배기구…… 그러니까 깊은 구멍이죠. 기묘한 장소지 뭡니까."

"살인 사건입니까?"

"아니, 그럴 가능성은 없습니다. 아마 사고겠죠."

"딱히 엿들으려고 한 것은 아닙니다만, 그, 사고 직전에 출산을 했던 흔적이 있다던데……."

요시노는 도야마의 얼굴을 흘끔 보며 의미를 알 수 없는 미소를 지었다. 눈짓으로 묻는 것 같았다.

'왜 당신은 전화로 잠깐 들은 이 이야기에 그렇게 관심을 갖는 거지?'

"아직 뭐라고 말할 수는 없습니다. 보고를 들은 게 전부라서……. 젊은 사람이라, 안타까운 일입니다. 우수하고 예쁜 아가씨여서 더욱……."

요시노가 고개를 옆으로 돌려 턱수염을 쓰다듬었다. 뭔가 마음에 걸리는 게 있는 표정이었다. 도야마는 문득 생각나는 것이 있었다.

"그 다카노 마이라는 여성은 혹시 요시노 씨가 아는 분입니까?"

요시노가 즉시 고개를 흔들었다.

"아닙니다. 직접 아는 사이는 전혀 아니에요. 그저께 죽은, 조금 전에 장례식을 치른 아사카와…… 제가 친하게 지내던 회사 후배인데, 그 녀석과 아는 사이였습니다."

지금 도야마는 요시노의 얼굴에 떠오른 불안이 뚜렷하게 보였다. 불안이라기보단 공포심에 가까울지도 모르겠다.

"두 죽음이 우연일까요?"

그렇게 말하고 나서 도야마는 깨달았다. 자신의 말이 요시노의 공포심을 증폭시켰다는 것을.

아사카와라는 지인의 죽음과 그와 안면이 있는 젊은 여성의 변사. 둘 다 사건성은 짙지 않았다. 하지만 정보량이 적어서 오히려 외부자로서는 두 죽음을 연결 짓고 싶어진다.

요시노의 눈이 빠르게 움직였다. 필사적으로 뭔가 생각했고, 떠오른 상념을 다시금 필사적으로 부정하는 모양이었다.

"그렇지, 그래서…… 야마무라 사다코 말입니다만."

요시노는 어디까지나 아사카와나 다카노 마이의 죽음과 연관이 있는 것처럼 야마무라 사다코의 이야기로 돌아왔다.

이전에 만나서 야마무라 사다코에 대한 질문을 받았을 때 도야마는 그저 질문에 대답만 하는 신세였다. 이번에도 똑같은 문답을 나눌 생각은 없었다. 대화의 주도권을 잡고, 어째서 신문기자가 야마무라 사다코의 소식을 캐고 다니는지 이유를 속 시원히 알고 싶었다.

"이제 가르쳐 줘도 되지 않습니까? 어째서 야마무라 사다코의 24년 전 소식을 묻고 다니는 건가요?"

도야마는 단도직입적으로 물었다.

요시노는 으음 하고 머리를 끌어안으며 난감한 표정을 지었다. 전에 만났을 때와 똑같은 표정이었다.

"그게 말이죠……. 저 자신도 잘 모르겠습니다."

전과 같은 대답이다. 전혀 납득할 수 없다. 사반세기나 전에 도시 한구석에 살았던 여자의 소식을, 이토록 큰 신문사 기자가 이유도 없이 캐고 다닐 리가 없지 않은가.

"적당히 하세요."

도야마가 부드럽게 화내자 요시노는 가볍게 두 손을 들어 올리며 말했다.

"알겠습니다. 솔직하게 이야기하죠. 저희 회사 출판국 기자인 아사카와 가즈유키가 어떤 사건을 취재했는데, 그 과정에서 야마무라 사다코의 정보가 필요하다고 했습니다. 하지만 아사카와는 다른 현장에서 이탈할 수 없는 상황이었고요. 그래서 제가 맡은 겁니다. 24년 전 야마무라 사다코에 대한 정보를 전부 조사해 달라더군요."

"무슨 사건이었나요?"

도야마가 몸을 거진 앞으로 내밀며 말했다.

"그게 말입니다……. 아사카와는 어떤 일인지 말을 안 하고 교통사고를 당해 의식을 잃었다가 그제 세상을 떴습니다. 그가 왜 집요하게 야마무라 사다코의 정보를 얻으려 했는지, 진상은 어둠 속에 묻혀 버렸습니다."

도야마가 거짓인지 진실인지 확인하기 위해 요시노의 눈을 바라보았다. 큰 줄거리는 거짓이 아니다. 하지만 자세한 내용은 숨기고 있는 것처럼 보였다.

요시노가 아사카와의 요청으로 도야마가 있는 곳까지 찾아온 과정을 순서대로 되짚어 봤다. 히쇼 극단의 연습실까지 찾아온 요시노는 우선 1965년 2월에 입단한 연구생 동기들을 선택했다. 입단 시험을 볼 때 제출했던 이력서는 지금도 극단 사무실에 보관되어 있다. 도야마의 기억에 동기생은 전부 여덟 명이다. 그들에게 물으면 야마무라 사다코의 소식을 알지도 몰랐다.

"다른 녀석들에게도 물어봤습니까?"

동기생 중에 기억나는 이름은 야마무라 사다코 이외에 겨우 두셋 정도밖에 없다. 지금은 전혀 연락하지 않아 어디서 뭘 하는

지 모른다.

"1965년 히쇼 극단에 입단한 멤버 중에서 지금도 연락이 되는 사람은 당신을 포함해 네 명입니다."

"그러면 나 말고 세 사람에게도 연락을 해 봤단 말이군요."

요시노가 고개를 끄덕였다.

"네. 전화로 이야기를 들었습니다."

"누구와 이야기를 했나요?"

"이노 씨, 기타지마 씨, 가토 씨. 이렇게 셋입니다."

이름을 듣자 바로 얼굴이 떠올랐다. 기억 밑바닥에 잠들어 있던 윤곽이 조금씩 선명해지는 느낌이었다. 새파랗게 어린 스물 남짓의 얼굴이었다.

'이노.'

완전히 잊었던 이름이다. 말수는 없었지만 팬터마임을 잘해서 여자 선배들이 제법 예뻐했다.

'기타지마.'

몸집이 작고 존재감도 별로 없었지만 제법 대사 전달력이 뛰어나 단원들 중에서 내레이터로 통하는 실력파였다. 그 역시 야마무라 사다코에게 연심을 품었던 것 같다.

'가토.'

풀네임이 분명 가토 게이코였다. 수수한 이름이라 연출가 시게모리가 친히 예명을 지어 주었다.

'다쓰미야 유라코.'

꽤나 예쁜 아이여서 이런 코믹한 예명을 바란 적은 없었다. 극단 총 연출가가 직접 지어 준 이름이니 거절도 못 해서, 그녀가 복잡한 심경에 곤란해하던 것이 기억났다. 동기끼리 술자리에서 예명을 가지고 놀리면 울상을 지으며 항의하곤 했다.

하지만 예명을 받고 싶었던 사람은 야마무라 사다코였다. 너무 고풍스러운 이름이라 세련된 미인인 그녀의 용모에 어울리지 않았다. 갑자기 무대에 서게 되었다 해도 제대로 된 예명을 받고 싶었을 것이다. 하지만 시게모리는 본명 그대로 그녀를 첫 무대에 세웠다.

요시노에게서 이름을 듣자마자 잊고 있었던 사람들이 생생하게 머릿속에서 움직이기 시작했다. 그리웠다. 추억에 젖어 있던 도야마는 질문이 떠올랐다.

"이노, 기타지마, 가토 세 사람과는 전화로만 대화하셨군요."

왜 자신만 직접 만나러 왔는지 궁금하다는 뜻을 내비쳤다.

"도야마 씨에게도 미리 전화를 했었죠."

"네. 알죠. 그런데 다른 세 사람은 취재를 전화로 끝내고 왜 저만 직접 만나러 온 겁니까?"

요시노가 의외라는 표정으로 도야마를 바라보았다. 그런 당연한 질문을 하다니 놀랍다는 표정 같았다.

"알고 있는 줄 알았습니다. 다른 세 사람이 다 입을 모아, 그때 당신과 야마무라 사다코 씨는 특별한 관계였다고 했습니다."

'특별한 관계.'

힘이 빠져 의자 등받이에 몸을 기댔다. 깊숙이 앉았더니 자연히 천장 얼룩이 보였다.

"그래서……."

드디어 납득했다. 다른 세 사람은 전화만으로 끝내고 자신만 직접 만나러 온 이유를, 이제야 이해했다.

극단 단원뿐만 아니라 친했던 동기생들에게도 야마무라 사다코와의 사이는 숨겨야 한다고 생각했다. 그런데 그들의 눈에는 다 보였던 모양이다. 게다가 24년이 지난 지금까지도 기억하고 있다니. 어지간히 인상 깊이 남아 있었나 보다. 자신의 존재가 다른 사람들에게 강하게 남아 있었다고는 생각지도 못했다. 그렇다면 역시 야마무라 사다코란 인물의 개성 때문이리라. 아니면 자신과 그녀의 관계 그 자체가 호기심의 대상이었을까?

"괜찮으시면, 들려주시겠습니까?"

턱을 당기고 시선을 내리자 호기심에 가득 찬 요시노의 얼굴이 보였다.

'또 이 녀석은 듣기만 하려 하는군.'

"뭘 말입니까?"

"왜 야마무라 사다코 씨는 1966년 봄에 이 공연이 끝나고 갑자기 종적을 감추게 된 겁니까? 당신이라면 알 겁니다."

요시노는 깊은 사이였던 도야마라면 모를 리 없다며 야마무라 사다코가 실종된 이유를 물었다. 실종 후 소식은 몰라도 실종의 원인 정도는 알려 줄 수 있지 않느냐고……. 굶주린 늑대처럼 요시노가 기삿거리에 달려들었다.

"그럴 리가요."

요깃거리가 될 만큼의 먹이 따위는 도야마의 손에 없다. 어째서 그녀가 행선지도 말하지 않고 자신의 곁에서 떠난 건지 이유라도 알면 23세부터 지금에 이르기까지의 세월이 훨씬 밝았을 텐데.

"그래그래, 좋은 것을 가져왔습니다."

요시노가 가방에서 대본을 한 권 꺼냈다.

낡은 표지에는 다음과 같이 적혀 있었다.

히쇼 극단 제11회 공연

2막 4장

〔검은 옷을 입은 소녀〕

제작/연출: 시게모리 이사무

등사 인쇄로 출력해 간단하게 제본한 본 공연 대본이었다.

도야마는 생각 없이 대본으로 손을 뻗었다. 열어 보니 24년 전의 그리운 냄새가 났다.

"어떻게 된 겁니까? 이런 것을."

무심코 나온 말이었다.

"반드시 반납하겠다고 단단히 일러 두고 극단 사무소에서 빌려왔습니다. 1966년 3월, 야마무라 사다코는 이 공연에서 대역을 맡았다가 공연이 끝남과 거의 동시에 행방을 감춰 버렸습니다. 무슨 일이 있었던 겁니까? 그때 연기했던 공연과 관계가 없지 않을 거라 생각해서……."

"읽어 봤습니까?"

"당연히…… 그런데 연극 대본은 읽어도 잘 모르겠더군요."

페이지를 펼쳤다. 24년 전에도 이것과 동일한 대본을 들고 있었다. 책꽂이에 보관해 뒀지만 첫 결혼과 이혼, 그리고 몇 번이나 반복했던 이사 때문에 어디론가 사라져 버렸다. 지금 집을 뒤져 봐도 찾을 수가 없는 대본이었다.

첫 페이지에는 스태프의 이름이 나와 있었다.

음향 담당…… 도야마 히로시

거기서 자신의 이름을 발견하자 낯부끄럽다는 생각이 들었다. 스물세 살의 자신을 만난 기분이었다.

이어서 캐스팅된 배우의 이름이 있었다.

검은 옷을 입은 소녀…… 하즈키 아이코

그런데 하즈키 아이코의 이름에 사선이 그어져 있고 그 옆에 야마무라 사다코의 이름이 볼펜으로 기입되어 있었다.

스토리의 열쇠를 쥔 중요 등장인물인 소녀에게는 이름이 없었다. 중요한 역할이지만 출연은 적고 그만큼 등장했을 때의 임팩트가 강하게 설정되어 있었다. 처음에 그 역할은 극단의 중견 여배우인 하즈키 아이코가 맡을 예정이었다. 그러나 첫 공연을 며칠 앞두고 하즈키 아이코가 갑작스런 병으로 쓰러져 함께 프롬프터를 맡았던 야마무라 사다코가 대역으로 서게 되었다. 사다코에게는 첫 무대였다.

지금 생각하니 시게모리는 야마무라 사다코라는 연습생에게 자극받아 이 대본을 쓴 것이 아닐까 하는 의구심이 들었다. 당시에는 그런 생각을 전혀 떠올릴 수 없었다. 하지만 그 후에 계속 존재감을 잃지 않는 야마무라 사다코라는 인물이나, 세월이 지나도 사라지지 않는 그 그림자를 생각하면 처음부터 그녀에게 맡길 심산으로 시게모리가 그렇게 역할을 만들었다고 생각하는 편이 그럴듯했다. 그만큼 검은 옷을 입은 소녀의 이미지가 야마무라 사다코와 딱 맞아떨어졌다.

페이지를 계속 넘겼다. 대본은 연출가 시게모리의 것으로 보였다. 연출 메모나 주의점이 대사나 동작 지시 사항 사이에 깨알같이 적혀 있었다. 음악 연출 타이밍까지 확실하게 보였다.

M1…… 테마송

연극의 막이 오른다. 무대 중앙에 응접실이 설치되어 있다. 작은 조명이 들어와 무대 세팅이 점차 밝아진다.

M5……멀리서 들려오는 교회 종소리. 이윽고 겹쳐져서 혼잡스러운 소리, 군중의 소란.

검은 옷을 입은 소녀가 등장하는 첫 장면이다. 효과음에 이끌려 그녀는 찰나의 순간 무대에 모습을 드러낸다.

도야마는 무의식중에 오른손 검지로 테이블을 두드렸다.

'재생 버튼, 온.'

테이프가 돌아가기 시작했다. 효과음이 흘러나왔다. 소리와 함께 무대에 검은 옷을 입은 소녀가 등장하게 되어 있었다.

검은 옷을 입은 소녀…… 그것은 불길한 상징이었다. 객석 모든 자리에서 그녀의 모습이 보인 것은 아니다. 위치적으로 사각인

객석도 있어서 무대에 서 있어도 어떤 사람은 보고 어떤 사람은 보지 못한다. 하지만 연극 효과로는 그것도 괜찮았다.

도야마의 머릿속에 야마무라 사다코의 모습이 생생하게 떠올랐다. 18세였다. 평생 딱 한 사람. 진심으로 사랑했던 여성. 지금도 잊을 수 없는 여성.

"사다코."

저도 모르게 그 이름을 불렀다.

4

1966년 3월

히쇼 극단 제11회 공연의 리허설 날. 도야마는 음향효과실에 틀어박혀 마지막 점검을 하고 있었다. 공연 개시일을 하루 앞두고 부족한 점은 없는지, 테이프나 이퀄라이저를 확인하는 동안에도 딱 하나 있는 조작판을 앞에 두고 하는 업무가 즐거워 콧노래가 절로 나왔다. 2개월에 걸친 연습 기간이 끝나 드디어 극장으로 옮겨 온 것이다. 본 무대의 긴장은 차치하고, 기쁨이 훨씬 컸다. 연습 기간에는 연출가 시게모리가 늘 옆에 앉아 음향효과에 대해 이러쿵저러쿵 시끄럽게 잔소리를 해 댔다. 한 마디도 놓치지 않고 충실하게 사명을 다하지 않으면 순식간에 호통이 날아들었다. 단 1초라도 음향효과가 어긋나는 일이나 음량 차이조차 연출가 입장에서는 참을 수가 없다고 했다. 위가 아플 정도로 긴장이 계속되는 나날이었다. 그에 비하면 작은 음향효과실은 독립된 성이나 마찬가지였다. 연출가가 여기까지 찾아올 일은 거의 없었다. 테이프 타이밍만 잘 맞추면 잔소리를 들을 일도 없다. 연극이 시작되면 연출가의 주의는 무대에 온통 집중될 테고 그토록 집요하게 잔소리를 들은 이유가 대체 뭐였는지 모를 정도로 음향효과에는 신경을 쓰지 않게 된다. 연출가의 그런 성격을 알고 있으니 도야마는 좁은 음향효과실에 들어가기만을 기다리고 있었다.

원래 나올 리가 없는 소리가 나와 버리는 악몽은 몇 번이나 꿨다. 불안하지 않았던 것은 아니지만 연출가 때문에 받는 압박감에 비하면 애초에 일어날 리 없을 일을 꾸는 것이니 귀여운 수준이었다.

도야마가 있는 음향효과실은 객석 로비에서 나선형 계단을 오르면 바로 있는 조명실 바로 앞에 위치하고 있다. 무대와 직접 이어지는 통로는 없다. 대기실이나 무대 뒤로 가려면 로비로 나와 계단을 오를 수밖에 없다. 인터폰으로 무대 뒤와 연락은 쉽게 할 수 있지만 실제로 관객들이 들어오고 나면 오가는 일이 무척 번거로워진다. 공연이 시작된 후 시게모리가 음향에 흥미를 잃는 이유는 음향효과실과의 거리가 원인일지도 모른다. 연습실에 있을 때는 연출석 바로 옆이 음향효과 담당 자리라는 불운 때문에 불필요한 짐을 떠맡았었다.

오전 중에 짐을 옮기고 오후부터 간단한 리허설을 한 뒤 밤에는 실제 공연과 동일한 의상으로 총 리허설을 할 예정이었다. 이때도 음향효과 담당이 제일 편하다. 가지고 올 것이 오픈 릴 테이프가 고작이라 무거운 도구를 무대에 옮길 의무로부터도 자유롭다.

도야마는 일하는 도중에 가끔 고개를 들어 변화하는 무대를 바라보았다. 방음 유리로 된 창 너머로 서서히 무대가 완성되어 가고 있었다. 한 사람 한 사람이 힘을 합쳐 하나의 작품이 완성되어 가는 과정을 지켜보는 것은 상당히 즐거운 일이다. 긴 연습 기간의 고생이 보답 받는 기분. 지금 이 시간에 무대에 설 배우들은 딱히 할 일이 없으니 같은 생각을 하면서 대기실에서 느긋하게 시간을 보내고 있을 것이다.

도시락을 받아 저녁을 먹은 후 곡이 들어간 테이프와 효과음이 들어간 테이프를 세팅하고 음향효과 순서 확인을 대충 마쳤다. 문제는 전혀 없다. 남은 것은 총 리허설이 시작되길 기다리는 것뿐이다. 리허설이 끝나면 간단하게 지적을 거친 후 해산하게 된다. 극장 종료 시간이 정해져 있기 때문에 늦은 밤까지 남아 연습하는 일은 절대 없다. 극장에 들어오면 막차 때문에 스트레스 받으면서 연습할 걱정은 하지 않아도 된다.

도야마가 문득 뒤에서 인기척을 느끼고 돌아봤다.

문틈으로 여성이 혼자 서 있는 게 보였다. 음향효과실의 어두운 조명으로는 얼굴까지 보이지 않기에 일어서서 문을 열었다.

"뭐야, 사다코구나."

도야마가 무표정하게 서 있는 야마무라 사다코의 손을 잡아 음향효과실로 들이고는 문을 닫았다. 방음 처리가 된 문은 제법 무거웠다.

도야마는 이제 무슨 말을 듣게 될지 기다렸다. 하지만 사다코는 아무 말도 하지 않고 도야마 너머로 거의 완성되어 가는 무대를 바라보았다. 무대에는 응접실 소도구가 운반되는 중인데 그 위치에 대해 연출가가 자세하게 지시를 내리고 있었다.

"나 무서워."

그 말은 단순하게 첫 무대를 앞에 둔 신인 여배우가 꺼낼 법한 순진한 말로 들렸다. 이즈의 오시마에서 고등학교를 졸업하고 바로 상경하여 히쇼 극단의 연습생이 된 사다코 입장에서는 의외로 빠르게 첫 무대에 서는 것이었다. 긴장되고 불안해하는 것도 당연했다. 여덟 명이나 되는 동기생 중에 본 무대에 서게 된 사람은 그녀밖에 없다.

"괜찮아. 내가 여기서 응원하고 있으니까."

도야마는 그렇게 격려해 줄 생각이었다. 하지만 사다코는 고개를 저었다.

"아니야. 그런 게 아니라."

우울한 눈동자였다. 무대를 바라보는 사다코의 시선은 어느새 돌아가고 있는 오픈 릴 테이프로 이어졌다. 아무것도 녹음되어 있지 않은 공테이프. 확인한 뒤 정지 버튼을 누르지 않은 채 계속 돌아가고 있는 테이프였다.

도야마는 일단 테이프를 멈추고 처음으로 되돌렸다.

"첫 무대라면 누구나 긴장하기 마련이야."

테이프가 되돌아가는 소리 속에서 도야마는 사다코를 다시 격려하기 시작했다. 하지만 사다코는 초점이 다른, 예기치 못한 말을 꺼냈다.

"있지, 이 테이프에 여자 목소리가 들어 있지 않아?"

도야마가 웃었다. 그가 기억하는 한, 사람 목소리를 단독으로 녹음했던 적은 없다. 무대에서 대사를 말하는 배우에게 사람 목소리를 덧씌운다면 연기가 죽어 버린다. 특별한 연출 기법이 아닌 한 테이프의 소리로 대사에 대사를 겹치게 하는 일은 없다.

"무슨 말을 하는 거야? 갑자기."

"오쿠보가 그랬어. 봐, 아까 당신, 음량을 체크하고 있었지? 그때 오쿠보가 조금 이상한 표정을 짓더라. 뭔가 무서워하는 표정. 그러더니 여자 목소리가 들어 있다고 하네. 게다가 아는 목소리래. 그래서 나……"

동기생 중 한 명인 오쿠보는 다방면에 재능이 있지만 콤플렉스가 있어서 작은 키에 지나치게 연연했다. 그리고 그 역시 야마무라 사다코에게 은밀하게 호의를 품은 한 사람이었다.

"알았다. 그거 소란스러운 군중 소리야. 있잖아, 네가 무대에서 등장하는 장면에 배경으로 깔리는……."

군중이 떠드는 장면은 어떤 영화에서 녹음했다. 떠들썩한 군중 소리는 배경에 묻히고 단독으로 들리는 소리는 하나도 없었을 것이다. 하지만 듣는 사람에 따라 특정한 목소리만 들려오는 감각이 들 수도 있다.

"아니, 그게 아니고."

사다코가 곧바로 부정했다. 말투가 너무 강해서 도야마도 신경 쓰이기 시작했다.

"그럼 어떤 장면에서 나오는지 알아?"

녹음된 지점만 알면 헤드폰으로 듣고 바로 확인할 수 있다. 만약 정말 기묘한 여자 목소리가 들어 있다면 빨리 처리해야 골치 아픈 일로 번지지 않는다.

그러나 만에 하나라도 그런 일이 있을 리는 없었다. 연습 기간 동안 몇 번이나 같은 테이프를 틀었는지 모른다. 편집할 때는 헤드폰으로 반복해서 들었다. 그 단계에서 이상한 소리가 삽입되다니 절대 불가능한 일이었다.

"오쿠보도 참, 이상한 말을 하더라고. 저기, 무대 뒤에 작은 불단이 있지?"

"대체로 모든 극장에 불단은 있지."

도야마는 오쿠보가 사다코에게 무슨 말을 했는지 예상이 갔다. 극장에는 반드시 불단이 있고, 그 때문에 생겨난 괴담 종류가 많았다. 대도구나 무대 세트를 사용하다가 다치거나 사고가 일어나는 일이 많고 또 그로 인해 배우들의 원념이 똬리를 튼 장소여서 그런지, 어느 극장이나 기담이 하나나 둘 정도는 있기 마련이었다. 오쿠보가 그런 실없는 소리로 사다코에게 겁을 주었다면, 테이프에 이상한 소리가 삽입되었다는 사다코의 말도 신빙성이 없어진다.

"아니, 또 하나 있어."

"뭐가?"

"불단."

무대 위 안쪽 콘크리트 벽에 박힌 불단이라면 도야마도 여러 번 봤다. 그 외에 또 하나 있다고 사다코는 말하고 있었다.

"어디?"

사다코는 문 앞에 선 채로 왼손을 들어 그대로 손가락으로 가리켰다. 가리킨 곳이 탁자 그늘이어서 도야마의 위치에서는 보이지 않는다. 그래서 더욱 소름이 끼쳤다. 이 방은 자신의 성이었다.

어디에 뭐가 있는지 정도는 파악하고 있다고 생각했다. 불단 같은 게 있을 리가 없었다.

도야마는 무심코 일어났다.

"우후후, 놀랐어?"

"겁주지 마."

다시 자리에 앉았더니 의자 표면이 왠지 선뜩하게 느껴졌다.

"아냐, 조금 더 이쪽이야."

사다코는 도야마의 손을 잡아 의자에서 일으켜 세우더니 본인 은 캐비닛 앞에 앉았다. 바닥에서 10센티미터 정도 높이에 좌우 로 여는 방식의 문이 있다. 사다코는 도야마의 얼굴과 캐비닛을 번갈아 보더니 "열어 봐." 하고 슬쩍 말했다.

이런 곳에 수납 공간이 있으리라고는 생각지도 못했다. 문은 사방 50센티미터 정도의 크기였다. 손잡이가 없어서 벽의 일부라 고만 생각했다.

손가락으로 가운데를 꾹 눌렀다 떼자 소리 없이 문이 열렸다. 도야마는 낡은 오픈 릴 테이프나 전기 코드 따위가 어지럽게 수 납되어 있을 거라고만 생각하고 있었는데 현실은 조금 달랐다. 2단짜리 금속 선반 윗부분에는 라벨이 붙은 오픈 릴 테이프 상자 가 위아래 두 줄로 늘어서 있었다. 지금까지 이 극장에서 썼던 오 래된 테이프로 보였다. 그런데 아랫단에는 나무로 된 작은 상자가 들어 있었다. 그것은 사다코가 말한 대로 불단처럼 보였다.

사방 50센티미터의 작은 문을 여는 단순한 일로 음향효과실의 분위기가 확 변했다. 늘 자신이 업무를 보는 탁자 바로 옆에 갑자 기 다른 공간이 나타났다. 실제로 냄새가 났는지 어떤지는 잘 모르겠지만, 도야마의 코에는 썩은 고기에서 풍기는 듯한 냄새가 느껴졌다.

도야마는 사다코와 나란히 불단 앞에 무릎을 끌어안고 앉았다. 바로 눈앞에 있는 불단에는 공물이 놓여 있었다. 처음에는 그냥 말라비틀어진 우엉 토막처럼 보였다. 수분을 잃고 바싹 말라 오그라든, 새끼손가락 정도의 아주 작은 토막이었다.

사다코는 망설임 없이 그 토막을 손끝으로 집어 올렸다. 그리고 마치 사탕이라도 건네듯 도야마의 손바닥에 올려 주었다.

도야마는 사다코가 건네주는 대로 공물을 받아 손바닥에 올려놓고 물끄러미 바라보며 이게 대체 뭔가 하고 궁리했다.

무엇인지 알아차린 것은 사다코가 손바닥에 코를 바싹 갖다대고 킁킁 냄새를 맡을 때였다. 갑자기 어떤 이미지가 머릿속을 파고들었다. 여자 목소리가 울려 퍼졌다.

'아아, 태어났다.'

순간 도야마는 이해했다.

'탯줄. 아기의 탯줄이다.'

확실히 아주 오래전에 끊어진 탯줄이었다.

그 순간, 도야마는 불단 앞에서 펄쩍 물러나 손바닥에 있는 것을 사다코에게 던졌다. 사다코는 탯줄을 받아들고 차분하게 혼잣말을 했다.

"그것 봐. 오쿠보가 말한 대로야."

도야마는 연하의 여성 앞에서 추태를 보이지 않기 위해 천천히 호흡을 골랐다. 차분한 척 물었다.

"오쿠보는 뭐라고 했어?"

사다코는 탯줄을 원래 있던 불단 앞에 놓으며 답했다.

"테이프에 들어 있던 여자 목소리 말인데, 들은 적이 있다더라고. 끙끙대며 고통스러워하는 목소리였대. 뭘 할 때의 목소리냐면, 아이를 낳을 때 고통스러워하는 숨소리. 오쿠보가 그렇게 말했어. 그 여자가 아기를 낳는 거라고."

어떻게 대꾸해야 할지 알 수 없었다. 오쿠보가 한 말도 이상하고 뭣보다 냉정하게 기분 나쁜 이야기를 받아들인 사다코의 모습도 기묘했다.

그때 인터폰으로 연출가의 목소리가 들렸다.

"자, 이제 총 리허설을 시작합니다. 연기자, 스태프 모두 제 위치로 복귀하세요."

도야마는 살았다고 생각했다. 평소에 너무 싫었던 연출가의 목소리가 신의 음성으로 들렸다. 즉시 현실로 돌아갈 수 있는 힘이 목소리에 담겨 있었다.

사다코는 무대로 가야만 했다. 이런 곳에서 쓸데없는 이야기를 하고 있을 상황이 아니었다.

"자, 드디어 무대에 설 차례야. 힘내."

목이 바싹 말라 거친 목소리였지만 도야마는 사다코의 등을 떠밀며 무대로 가라고 재촉했다. 사다코는 싫다는 듯이 몸을 비틀며 멈춰 서서 말했다.

"그럼 또 봐. 알았지?"

오싹할 정도로 요염한 어조의 말투와 표정에서 여배우로서의 장래성이 보였다. 다섯 살 연하인 사다코는 도야마에게 사랑스러움의 상징이었다. 성숙한 여성의 향기보다는 아직 천진난만함이 남은 소녀다움에 끌려 사랑에 빠졌다. 어쩜 그렇게 요염해 보이는지.

넋을 잃고 나선 계단을 내려가는 사다코를 눈으로 쫓았다.

총 리허설은 본 공연과 동일하게 진행되기 때문에 테이프 소리도 처음부터 마지막까지 재생된다. 사다코가 말한 대로 어딘가 이상한 소리가 섞여 있다면 확인하기 좋은 기회였다.

도야마는 헤드폰을 쓰고 재생되는 소리에 집중하려 했다. 하지만 바로 옆, 불단이 들어 있는 캐비닛이 신경 쓰여 견딜 수가 없었다. 연출가의 신호는 아직이었다. 장내는 어두웠고 테이블 끝에 있는 조명만 음향효과실을 살며시 비추었다.

슬쩍 옆을 보자 캐비닛이 반쯤 열린 채 방치되어 있었다. 꽉 닫지 않았나 보다.

'출산의 진통에 헐떡이는 여자 소리라니, 흥, 바보 같군.'

헤드폰을 낀 채 몸을 움직여 발끝으로 캐비닛의 문을 밀었다. 무서울 게 뭐가 있겠냐는 허세 때문에 발을 썼다.

찰칵, 문이 닫히는 소리가 났다. 하지만 그 소리에 겹치듯 헤드폰에서 어렴풋한 목소리가 들려왔다. 약한 아기 목소리. 울고 있는 것인지 웃고 있는 것인지 구분할 수 없는 소리…… 아니면 갓 태어나서 내지른 첫 울음일지도…….

도야마는 재빨리 테이프를 보았다. 당연히 테이프는 아직 돌아가지 않았다.

연출가의 신호에 맞춰 총 리허설의 막이 올랐다. 즉시 오프닝 테마를 내보내야 했다. 손이 떨려 재생 버튼을 누르려다 몇 번이나 미끄러져 타이밍을 놓쳤다. 나중에 연출가에게 한 소리 듣겠지만 그딴 것은 아무래도 좋았다.

'재생 버튼, 온.'

화려한 오프닝 테마가 흘러나온 덕에 아기 울음소리는 사라져 더 이상 들리지 않았다.

식은땀을 흘리며 소리의 출처가 대체 어딘지 생각하는 도야마의 콧구멍에 레몬 비슷한 향기가 흘러들어 왔다.

5

1막이 종료되었다. 지적을 받은 배우만 무대에 남았고 그 외의 사람들은 20분가량 휴식 시간이 생겼다. 오프닝 테마 음악을 내보내는 것이 늦었다고 혼날까 봐 걱정이었지만 그 부분에 대한 지적은 없었다. 도야마는 잠시 음향실에서 나올 시간이 생겼다.

도야마는 일단 객석 로비에 나와서 매점 앞을 지나 배우 대기실로 향하는 통로를 작은 걸음으로 뛰었다. 시간이 별로 없었다. 오쿠보를 붙잡아 이야기를 들을 여유가 있을지 모르겠다.

대기실로 뛰어들었다가 오쿠보가 없는 것을 확인하고는 거울을 보며 대사 연습을 하는 선배에게 물었다.

"실례합니다. 오쿠보, 어디에 있는지 혹시 아십니까?"

선배는 연습을 중단하고 턱을 약간 내밀었다.

"걔는 아리마 씨 프롬프터를 맡고 있으니까 아래쪽에 있지 않을까?"

"감사합니다."

대기실에서 나오려 할 때 도야마는 순간 오쿠보와 부딪힐 뻔했다. 오쿠보는 큰 몸짓으로 도야마를 피하더니 말했다.

"어이쿠, 실례."

마치 영국 신사를 연기하는 듯한 말투였다. 오쿠보는 행동과 말투가 하나하나 연극 같았다. 도야마와 동갑이라 극단에서 꽤 오래 함께 지냈고 사이도 나쁘지 않은 편이었다. 하지만 도야마는 오쿠보의 연극 같은 태도가 지긋지긋할 때가 있었다.

쓰게 웃으며 도야마는 오쿠보의 소매를 잡고 당겼다.

"잠깐 이야기 좀 하자."

"무슨 일입니까, 갑자기."

놀라지도 않으며 오쿠보는 묘하게 싱글거렸다.

"일단 앉아."

도야마와 오쿠보는 거울 앞의 의자를 끌어당겨 나란히 앉았다.

오쿠보는 몸집이 작아서 앉으면 훨씬 더 작아 보인다. 등을 곧게 펴고 목도 똑바로 세워 자세는 무척 좋았다. 언제 어느 때라도 자세가 무너지거나 늘어지게 편안한 모습을 보이는 일이 없었다. 그 또한 작은 키를 보완하려는 행동으로 보였다. 이전에 오쿠보가 있던 곳은 히쇼 극단보다 훨씬 전통 있는 명문 극단이었는데, 그는 그것을 자랑으로 여겼다. 입단하기도 어렵다는 그곳에 들어갔지만 기회는 잡지 못해 이 히쇼 극단으로 떨어져 나왔다. 오쿠보 스스로는 그 이유를 키가 작아서라고 여겼다.

프라이드와 콤플렉스. 도야마는 그 두 가지가 섞여서 오쿠보의 골계가 있는 동작과 말투가 형성되었다고 생각했다.

휴식 시간이 겨우 20분이라, 도야마는 단도직입적으로 말했다.

"너, 사다코에게 이상한 말을 했던데."

"듣기 좀 그렇네. 이상한 말을 한 기억은 없는데?"

전혀 꺼리끼는 구석이 없는 듯 명랑한 대답이었다.

"딱히 질책하려는 게 아니야. 나도 신경 쓰이는 점이 있어서 그래."

"한번 들려주시지?"

"봐, 효과음이나 곡을 내보내는 게 내 일이잖아. 그래서 신경쓰이더라고. 솔직하게 이야기해 줘. 사다코에게 말한 것, 진짜야? 진짜 테이프에서 여자 소리를 들었어? 그것도 막 출산하려는 여자의 신음을?"

오쿠보는 듣자마자 손뼉을 치며 웃었다.

"아니, 출산하려는 여자의 신음이라니, 그게 뭐야. 내가 말하려 했던 것은 그 원인이 되는 행위야. '그거' 할 때 여자의 교성이라고. 그렇게 말하려 했는데 아무래도 잘 전달되지 않았나 보군. 사다코에게."

"농담이었어?"

"농담……이 아니라."

그렇게 말하더니 다시 웃는다. 자신의 대사를 혼자 받아 주고 있다. 뭘 저렇게 까불락거리는지.

"웃지 마. 내가 들었어."

"뭘?"

"아기 울음소리."

오쿠보가 순간 멈칫하더니 의아하다는 표정을 지었다.

"어디서?"

"음향효과실. 헤드폰으로."

그러자 오쿠보는 바싹 얼굴을 갖다대고는 조금 질렸다는 듯이 말했다.

"이것 참."

"그러니 이야기가 맞아떨어지더라고. 네가 분만하는 임부의 신음 소리를 들었다는 얘기랑 묘하게 말이야."

그리고 도야마는 불단에 놓인 탯줄을 떠올렸다.

"자다가 남의 다리 긁는 것도 아니고."

오쿠보가 만담가 말투를 흉내 냈다.

"적당히 해. 제대로 이야기하라고. 너, 사다코에게 대체 뭐라고 한 거야?"

"사다코는 동기생의 희망이야. 그 미모를 봐. 연출가의 눈에도 띌 테니 곧 큰 배우가 되겠지. 그런데 일단 첫 무대니까 너무 긴장해서 안쓰럽잖아. 동기의 의리가 있지. 긴장을 조금 풀어 주려고 무서운 얘기 한두 가지 들려준 거야."

도야마는 초조한 기색으로 재차 물었다.

"그럼 실제로 테이프에서 여자 목소리를 들은 건 아니라는 말이지?"

오쿠보가 입을 내밀며 고개를 저었다.

"오우, 노."

"하나 더 있어. 음향효과실에 불단이 있는 건 어떻게 알았어?"

"음향효과실에 불단이 있어?"

오쿠보는 깜짝 놀란 목소리로 손뼉을 짝짝 두 번 쳤다. 심지어 눈을 감고 고개를 숙여 웅얼웅얼 불경을 외는 듯한 소리를 내기 시작했다.

평소에는 이 정도까진 아니었는데 오늘은 특히나 오쿠보의 행동이 거슬렸다. 도야마는 한숨을 푹 쉬고 확인했다.

"그래. 불단. 이 정도 되는 작은 것."

도야마가 두 손을 들어서 어느 정도 크기인지 알려 주었다.

"소인은 음향효과실에 들어가 본 적도 없사옵니다."

"누구한테 들어서 불단이 있는 걸 아는 건 아니고?"

"무대 안쪽에 있는 불단이라면 매일같이 참배하고 있는데 말이죠."

그렇게 말하며 오쿠보는 다시 손뼉을 쳤다.

"알았어. 그럼 불단에 대해 사다코에게 이야기한 건 아니란 말이지."

"불단이고 뭐고 그런 것이 음향효과실에 있을 줄은 상상도 못했어."

'그럼 사다코는 어떻게 거기에 불단이 있다는 걸 알았지? 분명 오쿠보에게 들었다고 했는데. 하지만 오쿠보는 모른다고 한다. 누가 거짓말을 하고 있는 걸까? 하지만 오쿠보가 거짓을 말하는 것 같지는 않은데.'

도야마는 잠시 생각했다.

'오쿠보는 테이프 효과음에 여자 목소리가 들어 있다고 하면서 사다코에게 겁을 주었어. 일단 그건 어느 극단에나 있는 괴담이니까 별로 문제 될 일은 아니야. 오쿠보는 여자의 교성이 들렸다고 했어. 성행위가 고조에 달했을 때 내는 소리라고 사다코에게 말한 거야. 그런데 사다코는 어째서인지 출산할 때 내는 신음 소리라고 나에게 말했어. 단순한 오해일까? 그런 것치곤 불단 앞에 놓여 있

던 오래된 탯줄과 너무 잘 맞아떨어진다.'

헤드폰에서 작게 울려 퍼지던 아기 울음소리를 떠올렸다. 귓속에 남아 있는, 지우려 해도 지워지지 않는 소리. 2막이 시작되기 전에 음향효과실에 돌아가야만 했지만 내키지가 않았다. 혼자 음향효과실에 들어가고 싶지 않았다. 가능하면 대기실의 밝은 조명 아래 계속 있고 싶었다.

"그런데 사다코는 지금 어디 있지?"

도야마가 텅 빈 눈으로 물었다.

"이봐, 무슨 소리야. 연극을 보긴 하는 거야? 연출가 대선생에게 지적받아서 지금 무대에 남아 있잖아."

오쿠보가 갑자기 말투를 편하게 바꿨다.

바로 아까까지 잊고 있었다. 1막이 끝난 뒤 지적을 받은 연기자들이 무대에 남아 있는 것을 음향효과실 창문으로 보고 있지 않았던가. 그중에 사다코가 있었던 것도 알았다. 지금 사다코는 연출가 시게모리에게 연기가 부족한 부분을 지적받아 연습을 하고 있을 것이다.

도야마의 눈에도 사다코를 향한 시게모리의 관심은 이상해 보였다. 연습을 한창 하는데 금방이라도 울음을 터뜨릴 것 같은 사다코를 애증이 반반 섞인 눈으로 볼 때가 있어서 도야마도 깜짝 놀랄 때가 있었다. 평소의 시게모리의 모습에서는 절대 상상할 수 없는 집요한 시선이었다. 극단의 절대적인 권력자인 시게모리에게 찍혔다는 것은 육체 관계를 원한다는 뜻으로 직결되었다. 사다코를 사랑하는 도야마가 보기에 그것만큼은 피하고 싶은 사태였다.

그때 마침 시게모리의 목소리가 인터폰으로 들려왔다.

"자, 이제 2막을 진행합니다. 다들 준비됐습니까?"

대기실에서 음향효과실까지는 거리가 있어서 도야마는 황급히 달려가려 했다. 그 등에 대고 오쿠보가 말했다.

"야, 도야마, 음향효과실 인터폰, 켜 둔 채로 있진 마. 말소리가 대기실까지 다 들린다고."

뒤돌아보니 오쿠보가 윙크했다.

좁은 통로를 통해 음향효과실로 돌아가면서 오쿠보가 한 말의 의미를 생각했다.

'음향효과실에서 이야기한 게 대기실까지 들렸다고? 인터폰 스위치는 필요할 때 이외에는 늘 꺼 둔다. 주의를 게을리했을 리가 없는데.'

하지만 오쿠보의 말투가 신경 쓰였다. 뭔가 들리면 안 될 말을 했고 그 내용이 대기실에 있는 누군가의 귀에 들어갔다는 투였다.

6

대기실에서 로비로 빠져나왔다. 발 감촉이 갑자기 변했다. 대기실 복도는 콘크리트 위에 리놀륨이 깔려 있어서 딱딱하고 차가운 감촉이었다. 그것이 객석 로비에 나오니 푹신푹신한 융단 감촉으로 변한 것이다.

내일이 상연 첫날이라 많은 손님이 찾아올 로비에서 빠져나와 음향효과실을 향해 나선형의 계단을 올라갔다. 어디선지 알 수 없지만 소곤소곤 이야기 소리가 들렸다. 남자와 여자의 목소리다.

둘 다 주위를 꺼리는 듯한 억눌린 목소리였다. 도야마는 계단을 올라가다 발을 멈추고 뒤돌아보았다.

객석으로 들어가는 문은 움푹 들어간 부분이 있는데 그 모서리에 겹치듯 두 사람이 있었다. 키가 큰 남자와 날씬한 여자가 서로 마주 보고 서 있다. 두 사람이 있는 쪽을 바라보았다. 봐서는 안 될 것을 보고 있다는 독특한 분위기가 감돌았다. 도야마는 들키지 않도록 몸을 숨기고 숨을 죽였다.

남자는 벽에 몸을 반 정도 숨겨서 때때로 얼굴이 정면으로 보였다. 여자는 등을 향하고 있어서 얼굴이 보이지 않았다. 남자가 연출가 시게모리라는 것을 곧바로 알 수 있었다. 그리고 얼굴이 보이지 않아도 옷차림과 몸을 보면 여자가 누구인지도 알 수 있었다.

"사다코······."

사랑하는 여자의 이름이 무심코 도야마의 입에서 새어 나왔다.

시게모리는 가끔 상대의 귀에 입을 갖다 대어 속삭였고 어깨에 손을 올리고 몸을 흔들거렸다. 많은 여배우 중 한 사람으로서 야마무라 사다코를 대하는 것처럼 보이지는 않았다. 연기에 관한 특별 지도가 있어서 몸을 만지는 것으로 보이지도 않았다.

도야마는 눈이 뒤집히는 것 같았다. 지금 보고 있는 이 상황의 의미를 확인하려고 노력했다. 엿보기엔 꽤나 어려웠지만 끝까지 확인하지 않고선 견딜 수가 없었다. 극단의 권력자라는 입장을 이용해 젊은 여성을 손에 넣으려는 시게모리의 행위를 용서할 수 없었다. 행위 자체는 이해할 수 있다. 원래 업계 전체에 그런 일을 묵인하는 분위기는 있다. 아직 경험이 적은 도야마조차 이미 알고 있는 일이다.

그보다 문제는 사다코의 반응이었다. 입장상 강하게 거부할 수 없을 테니 상대 기분을 상하지 않게 하면서 적당히 거절할 요령은 있길 바랐다. 어렵겠지만 지금 이 자리에서만큼은 무난하게 행동하길 간절히 빌 뿐이었다. 그렇지 않으면 이전에 나눈 사랑의 말을 믿을 수 없게 된다.

아직 육체 관계는 없었다. 하지만 도야마는 사다코가 했던 '사랑해'라는 말을 의심하지 않았다.

먼저 마음을 고백한 건 도야마였다. 작년 가을 공연 연습 중에 뜻하지 않게 고백할 기회가 왔다.

전에 했던 공연은 댄스 신을 엮은 뮤지컬 느낌의 연출이 있었다. 덕분에 연극에 프로 여성 댄서 두 사람을 게스트로 초대했다. 여성 댄서의 스케줄이 너무 빡빡해서 연습에 오지 못하는 날도 많다 보니 야마무라 사다코가 대역으로 기용되기도 했다. 대역은 대역인 채로 끝났고, 실제로 무대에 서는 일은 없었다.

그때까지 사다코가 춤을 추는 모습을 상상했던 적이 없었다. 바로 가까이에서 사다코의 춤을 보고 도야마는 꽤 놀랐다. 동기생으로 입단 시험을 받을 때부터 사다코는 눈에 띄던 존재였다. 그래서 동경의 대상으로 주의 깊게 바라보곤 했다. 하지만 특기 중 하나가 춤이라는 것은 몰랐다. 처음 보는 선정적인 몸동작에 그의 욕정이 끓어올랐다.

사다코는 자기 춤에 자신이 없는 것 같았다. 안무가의 지도를 받으며 스텝을 밟을 때 생각에 잠겨 고개를 갸우뚱하는 일이 몇 번이나 있었다. 도야마가 봐도 충분히 훌륭한 춤을 그녀는 선뜻 납득할 수 없는지도 모른다.

연습 휴식 시간에 화장실 세면대에서 마주쳤을 때 도야마가 "꽤 잘하던걸." 하고 칭찬한 적이 있다. 하지만 사다코는 도야마의 말을 비웃는 것으로 받아들이고 강렬한 시선으로 노려보았다.

"그렇게 비꼬아서 말하지 마. 더 연습하면 능숙해질 거야."

선배 여배우들에게 춤 실력이 아직 멀었다며 따끔하게 지적당한 것이 틀림없다. 솔직하게 칭찬할 생각이었는데 사다코는 그대로 받아들이지 않고 어차피 아마추어 연기인데 뭘 신경 쓰냐며 토라졌다.

도야마는 몸을 돌려 그 자리를 떠나려는 사다코를 황급히 따라갔다.

"그런 의미가 아니야."

어깨에 가볍게 손을 올렸더니 사다코가 뿌리치며 말했다.

"나도 알아. 잘 못한다는 거."

"아니 내가 보기에는 충분히 잘해. 믿어 줘. 비꼬는 게 아니고 본심에서 말하는 거야. 난 그저 사다코가 자신을 가졌으면 해서……."

"거짓말쟁이."

"거짓말이 아니야. 자, 들어 봐. 내가 돌려서 말하는 사람이야? 진짜 못한다면 못한다고 솔직하게 이야기한다고."

두 사람은 말없이 서로를 바라보았다. 도야마는 자신의 성의를 눈빛에 담아 바라보았다고 생각했다.

그 덕분인지 사다코가 수긍한 표정으로 어색하게 웃으며 끄덕였다.

"알았어. 고마워."

그 일은 사다코와 마음이 통하는 계기가 되었다.

그 후 도야마는 음으로 양으로 조언을 해 주었다. 연습을 지켜보다가 객관적인 입장에서 소감을 이야기하며 약간이라도 여배우로서 성장할 수 있도록 도움을 아끼지 않았다.

애초에 여자들에게 인기가 많은 도야마가 눈에 띄게 정성을 기울이자 사다코도 서서히 마음을 기울여 주었다. 눈에 띄는 존재였기에 선배로부터 비방이나 중상도 많이 당했고, 개중에는 없는 일까지 루머로 만들어 대는 선배도 있으니 도야마의 호의가 반가웠으리라.

그러다 연습생이 돌아가면서 맡는 청소 당번을 사다코와 함께하게 되었다. 어쩌다 둘이 동시에 극단 연습실에 나타난 9월의 어느 날이었다. 점심이 지날 때까지 연습실에 두 사람 말고 아무도 없었다. 연습이 시작되기까지 아무도 오지 않을 테니 한 시간 넘게 둘만 있을 수 있었다.

도야마는 화장실과 연습장 청소를 빠르게 끝내고 방구석에 있는 낡은 피아노 앞에 앉아 보았다. 반쯤 망가진 업라이트 피아노여서 음정이 맞지 않는 건반이 몇 개 있었다. 음이 망가진 건반을 치지 않으려 노력하며 자작곡 몇 곡을 사다코에게 들려주었다.

사다코는 도야마 옆에 서서 처음에는 가만히 듣고 있다가 의자에 앉아 손가락을 건반에 올려놓았다. 연탄곡을 치는 정도까진 아니지만 나름 화음이 생겨났다.

사다코는 정식으로 피아노를 배운 적이 없다고 했다. 하지만 보고 흉내 내다가 칠 수 있게 된 곡이 하나 있었다. 슬픈 음률의, 들어 본 적은 있는 곡이었지만 곡명은 생각나지 않았다. 도야마는 의자에서 떠밀리듯 일어나 이번에는 사다코의 뒤에 서서 그녀가 혼자 연주하는 것을 들었다.

왼손으로 더듬거리며 화음을 치고, 오른손으로는 멜로디를 쳤다. 잘하지는 못하지만 묘하게 끌어당기는 매력이 있었다. 여배우로서 반짝이는 무언가를 가진 사다코는 음악 센스도 좋은 것 같았다.

도저히 멈출 수 없는 충동이 일었다. 긴 머리카락으로 뒤덮인 목덜미가 새하얬다. 사다코는 앞으로 내려온 앞머리를 살짝 오른손으로 쓸어 올리며 다시 건반에 손가락을 얹었다. 나긋나긋한 손동작. 온몸에서 피어나오는 소녀와 성인 여성의 분위기가 뒤섞인, 형용할 수 없는 매력.

극단에 사다코를 두고 '기분 나쁜 여자'라고 하는 선배가 몇 명 있다는 소문을 들은 적이 있다. 도가 지나친 매력이 같은 여성의 눈에는 오히려 안 좋게 보이는 것 아닐까? 그렇게 해석해야만 이해할 수 있는 이야기였다. 저항할 수도 없이, 도야마는 사다코에 대한 감정에 몸을 맡겼다.

움직여야겠다는 생각을 하고 취한 행동은 아니었다. 좋아한다는 감정이 넘쳐서 억누를 수가 없었다.

자연스럽게 몸이 움직이며 손이 뻗어 나갔다.

"사다코……."

이름을 부르며 두 팔을 벌렸다. 뒤에서 끌어안으며 피아노를 향한 그녀의 얼굴 옆으로 자신의 얼굴을 갖다 대려 했다. 그런데 사다코는 마치 뒤에도 눈이 있는 것처럼 행동했다. 움직임을 예측한 듯이 두 손을 짚고 의자에서 일어나 그녀 또한 두 팔을 벌려 도야마의 몸을 받아들였다. 도야마에게 그것은 꿈같은 일이었다. 사랑을 표현하면 어떻게 받아들여질까 하는 두려움이 없지 않았다. 거절당했을 때의 거북함이나 굴욕을 예상하지 않았던 것도 아니다. 설마 진짜로 그대로 받아 주리라고는 생각도 못 했다.

23년 평생 동안 도야마는 여러 여자를 사귀어 봤지만 이 피아노 앞에서 한 포옹만큼 쾌락을 느꼈던 적이 없다. 둘의 뺨이 만나고 살짝 떨어지자 이번엔 서로 입술을 포갰다. 혹여 엿보는 이가 있었다면, 젊디젊은 그들의 포옹을 두고 음탕하다는 생각이 아니라 산뜻하다는 인상을 받았을 것이다.

얼굴을 뗄 때 두 사람이 서로 속삭였다.

"처음 만났을 때부터 널 좋아했어."

도야마가 마음을 전하자 사다코도 답했다.

"사랑해."

그때가 사다코에게서 사랑의 말을 들은 순간이었다.

그런데 지금 보고 있는 장면은 대체 어찌 된 일인가. 도야마는 나선형 계단의 중간에 서서 이를 갈며 발을 동동 굴렀다. 당장에라도 뛰어나가 시게모리를 사다코에게서 떼어 놓고 싶었다. 벽 모서리에 두 얼굴이 가려질 때마다 둘이 키스를 하고 있는 것이 아닌가 하는 망상이 들어 괴로웠다. 올해 47세가 되는 시게모리는 연출가로도 극작가로도 한창 물이 올라 업계에서 꽤 유명했다. 섣부르게 행동했다간 본인뿐만 아니라 사다코까지 끝장나게 할지도 몰랐다. 분해서 가슴이 찢어지는 것 같았지만 지금은 가만히 참을 수밖에 없다. 도야마는 스스로를 타일렀다.

두 사람의 모습을 관찰하는 데 익숙해져서 조금 냉정을 되찾았다. 그러자 시게모리의 표정이 평소와 다르다는 것을 깨달았다. 연습장에서 사다코를 바라보는 집요한 시선이 이미 뭔가에 홀렸다고밖에 할 수 없는 눈빛으로 변했다. 완전히 자아를 잃었다. 상기된 얼굴 가운데 있는 눈이 충혈되었고 호흡은 격했다. 가끔 시게모리는 가슴을 움켜쥐었다.

바라보는 동안 도야마는 희망을 갖게 되었다. 시게모리가 일방적으로 행동을 취하려 하는 중일 뿐 사다코는 적당히 대꾸해 주며 피하는 것처럼 보였다. 역시 그녀가 한 말이 거짓은 아니었다는 생각이 들었다.

그런데 그 직후 사다코가 믿을 수 없는 행동을 했다.

벽 그늘에 가려져 있던 사다코의 몸이 비스듬히 뻗어 나오나 싶더니 그녀가 먼저 시게모리의 입술에 자신의 입술을 갖다 댄 것이다.

시게모리는 사다코의 키스를 받고 잠시 놀란 듯 물러나며 눈을 부릅뜨며 사다코를 노려보았다. 분명 사다코가 취한 행위는 시게모리가 원하던 것도, 예상하던 것도 아니었다.

도야마는 시게모리가 짓는 경악의 표정을 자신도 똑같이 짓고 있으리라 짐작했다. 도야마는 눈이 튀어나올 것처럼 부릅뜨고 사다코의 뒷모습을 응시했다.

사다코는 거기서 멈추지 않았다. 슬쩍 몸을 뒤로 빼며 놀라 바라보는 시게모리의 사타구니에 왼손을 쓱 뻗어 고환이 있는 부위를 손바닥으로 아래서 위로 받아들었다. 그렇게 부드럽게 공을 가지고 장난치듯이 실제로 두세 번 고환을 주물러 비볐다.

시게모리가 더욱 뒤로 물러나면서 곤혹스러움에 괴로워하며 얼굴을 찌푸렸다. 금방이라도 울어 버릴 것 같은 괴로운 표정…… 그러다가 쓰러지고 말았다. 빈혈 때문일까? 시게모리는 비틀대더니 벽에 몸을 기대어 서서 크게 가슴을 들썩였다. 한쪽 손으로 가슴을 누르고, 다른 손으로 뒷목을 받치고 누가 봐도 알 만큼 크게 헐떡였다.

'대체 어떻게 된 일이지?'

아까까지 품은 증오가 거짓말처럼 사라지고 시게모리에게 동정심이 들었다. 지금 도야마와 시게모리는 똑같이 당혹감에 빠졌다. 둘 다 사다코가 무슨 짓을 한 건지 영문을 알 수 없었다. 왜 갑자기 키스를 했으며, 손바닥으로 고환은 왜 받아들였는지 이유를 당최 알 수가 없었다. 그녀에게 무슨 의미가 있는 행동이었을까?

몸에 이상이 생긴 시게모리를 그 자리에 남겨 두고 사다코가 벽에서 물러나 갑자기 도야마를 돌아보았다. 애초부터 도야마가 거기에 있다는 것을 알고 있었던 것처럼. 거리는 20미터 이상 떨어져 도야마의 몸의 반 정도는 계단 난간에 가려져 있다. 우연히 도야마가 있는 곳을 짐작한 것이 아니었다. 등 뒤에 붙어 있는 눈으로 위치를 확인하고 나서 단번에 돌아본 것 같다. 피아노를 치던 사다코의 뒤에서 도야마가 두 팔로 안으려고 했을 때의 반응과 똑같았다. 예민하다는 말로는 다 설명할 수 없는 움직임이었다.

사다코는 도야마와 눈을 마주치며 의기양양한 표정으로 윙크했다.

'알고 있지?'

그렇게 말하는 눈길이었다. 하지만 대체 뭘 알고 있냐고 묻는 거란 말인가.

의문만 많이 남겨 두고 사다코는 대기실 복도로 사라졌다.

어떤 하나의 목적을 가진, 곧은 사다코의 눈. 그에 비해 시게모리의 눈은 아무것도 보고 있지 않았다. 텅 빈 시선을 위로 향한 채 아직 앞에 도야마가 있는 것도 알아차리지 못했다. 사다코의 신속한 움직임에 비해 둔해 빠진 동작이었다. 평소의 재기 넘치고 활달한 모습은 전혀 찾아볼 수 없었다.

그러다 겨우 정신을 차렸는지 비틀거리며 문을 밀어 극장으로 몸을 욱여넣었다. 마르고 키가 큰 체격이라 손발이 어지간히 무거워 보였다.

두 사람의 모습이 완전히 시야에서 사라지는 것을 확인하고 도야마는 음향효과실로 들어왔다.

테이프 준비는 다 되었다. 언제 연극이 시작되어도 문제없었다.

이윽고 인터폰으로 시게모리의 목소리가 들려왔다.

"네, 그러면 지금부터 제2막을 시작합니다."

동요를 감추려 한 떨리는 목소리였다. 좀 전의 모습을 목격한 도야마가 아닌 누구라도, 목소리가 떨리는 것을 알아차렸을 것이다.

7

총 리허설의 2막이 시작되었다. 도야마는 일에 집중할 수 없었다. 아까 직접 본 광경이 머릿속에 깜박이는 바람에 테이프에 이상한 소리가 있는지 확인하는 데 소홀해졌다. 질투와 분노, 경악과 불안이 뒤섞인 감정이 가슴 밑바닥에서 북받쳐 올라 격류가 되어 소용돌이치는데 도무지 견딜 수가 없었다.

약 반년 전부터 도야마와 사다코는 서로 애인이라고 인정하는 관계였다. 그러나 남이 보지 않는 곳에서 끌어안거나 키스를 나눴고 달콤한 말을 주고받는 정도에 그쳤고, 도야마가 아무리 원해도 그 이상의 관계로 이어지지는 않았다. 하지만 그는 그것으로 만족했다. 아직 열아홉 살이라는 어린 나이 때문에 사다코가 육체관계로 나아가길 거부하는 것이라고 멋대로 해석해서 오히려 그 때문지 않은 마음을 흐뭇하게 여겼다. 도야마는 사다코가 처녀라는 것을 한 번도 의심해 본 적이 없었다.

단 하나 불만이 있다면, 두 사람의 관계가 절대 외부로 새어 나가지 않도록 사다코가 지나치게 주의를 기울이는 점이었다. 도가 지나쳐 보일 정도로.

사다코는 둘만 있을 때는 진심으로 사랑하고 있다는 태도를 보였다. 하지만 극단 사람들이 있을 때는 부러 차갑게 굴었다. 도야마는 불안했다. 언제 어떤 경우에도 수많은 사람 중 하나가 아닌 특별한 존재로 사다코를 바라보고 싶었다. 하지만 사다코는 달랐다. 다른 사람의 눈이 미치는 곳에서는 그를 그저 수많은 사람 중 하나로 대했다.

도야마의 소원은 하나였다. 설령 동료들이 가까이 있어도 옆에 앉아 가만히 바라만 보아도 좋았다. 모두의 앞에서 무시당하고 싶지 않았다. 무시당할 때는 시선으로 계속 쫓으며 사람 눈을 피해

끌어안고 키스하고 싶다는 바람만 강해질 뿐이었다.

이상한 소문을 내고 싶지 않다는 마음은 알겠지만 조금쯤은 뭔가 하고 싶다는 기분을 전했더니 사다코의 대답은 늘 같았다.

'다른 사람들 앞에서 둘 사이를 자랑하는 거, 하고 싶지 않아. 우리들 일은 우리끼리 비밀로 하자. 꼭 지켜 줘. 알았지? 아무에게도 우리 사이를 말하지 않기. 약속이야. 그렇지 않으면 나, 자기를 잃게 될 거야.'

설명을 들어도 왜 그렇게까지 비밀로 해야만 하는지 이해할 수 없었다. 게다가 바로 아까 직접 본 시게모리와의 행위로 인해 다른 가설이 떠오르고 의심이 싹텄다.

극단에 들어온 이상 누구나 연기자로 성공하고 싶어 했다. 특히 사다코는 그 염원을 강하게 발산하고 있었다. 보통 사람이 헤아릴 수 없을 정도로 사회에 대해 도전적인 눈빛을 하곤 했다. 차라리 적의에 더 가까울지도 모르겠다. 도야마는 소름이 끼칠 정도로 차가운, 세상을 흘겨보는 사다코의 시선에 질려 버릴 때도 있었다.

'자기가 생각하는 만큼, 세상이 자기에게 차갑지는 않아.'

그 말을 몇 번이나 했는지 모른다. 하지만 사다코는 도야마가 하는 말을 받아들이려 하지 않았다. 오히려 도야마의 안이함을 질책하며 그렇게 조심성 없이 살지 말라고 연상의 여자 같은 태도로 설교하기도 했다.

사다코의 과거에 무슨 일이 있었는지 흥미가 생겨 에둘러 물어보려고도 해 봤다. 하지만 그때마다 화제를 돌리는 바람에 사회에 대한 적의 비슷한 감정을 대체 어쩌다 갖게 되었는지 파악할 수 없었다.

사다코가 사회를 되돌아보고 거기서 군림하는 단 하나의 방법은 유명 여배우가 되는 일이었다. 열아홉 살 소녀에게 사회의 관심을 단숨에 끌어 모을 방법은 달리 없었다. 사다코라면 그 정도는 알고 있을 것이다.

도야마는 그걸 기본으로 추측했다. 유명 여배우가 되기 위해 일단 기회를 잡아야 했다. 지금 이 극단에서 사다코가 할 수 있는 일이 무엇일까? 당연히 극단의 절대 권력자인 시게모리에게 잘 보여 배역을 맡는 일이었다. 그렇게 이례적으로 발탁되어 이번 본 공연에서 중요한 역할을 손에 넣는 것. 입단한 지 1년밖에 안 된 고만고만한 연습생치고 대단히 빠른 진척이었다.

'어떻게?'

그 생각은 떠올리고 싶지 않았다. 벽 안쪽에 포개지듯 함께 있는 남녀……. 그 모습이 머릿속에 떠올랐다 사라지길 반복하며 도야마를 괴롭혔다.

그렇게 생각하면 도야마와의 사이를 필요 이상으로 숨기려는 이유도 뻔했다. 도야마와 연인이라는 것이 밝혀지면 극단 전체에 소문이 나고 당연히 시게모리의 귀에도 들어간다. 애인의 존재를 알고 시게모리가 기꺼워하진 않을 것이다. 모처럼 붙잡은 기회를 잃게 되리라는 것은 확실하다.

'아직 열아홉 살의, 소녀도 어른도 아닌 요정에게 나는 농락당하고 있던 것뿐인가.'

도야마는 헤드폰을 낀 채로 머리를 감싸며 잠깐 무대에서 눈을 돌렸다.

"야, 도야마, 벨 소리 잊어버렸나?"

인터폰에서 무대 감독 목소리가 튀어나왔다.

깜짝 놀라 고개를 들었다. 눈을 감고 있어서 타이밍을 놓쳤다. 도야마는 황급히 재생 버튼을 눌러 전화벨 소리를 내보냈다. 순서대로 벨 소리가 울리지 않아서 시간을 버느라 애드립을 하고 있던 중견 배우가 한 번, 두 번 벨이 울리기를 기다려 수화기를 들어 올렸다. 그 움직임에 맞춰 테이프를 멈췄다.

일단 위기를 넘겼지만 무대 감독이 가차없이 호통쳤다.

"멍청한 놈. 무대를 잘 보고 있어야지!"

"죄송합니다."

도야마는 즉시 사과했다.

"정신차려."

"알겠습니다."

식은땀과 함께 크게 한숨을 쉬었다. 변명의 여지가 없었다. 정신을 못 차리고 업무 집중력을 떨어뜨려 동료들에게 폐를 끼쳤다. 원인은 사다코를 향한 사랑이었다.

"젠장! 정신차려!"

자기 관리도 못 하는 모습이 꼴불견이었다. 지금까지는 스스로를 감정에 연연하지 않고 의지가 강한 사람이라고 생각해 왔다. 그것이 여자 하나 때문에 이 꼴이었다.

도야마는 고개를 흔들며 지저분한 망상을 내쫓으려 했다. 하지만 소용없었다. 무대는 야마무라 사다코가 등장하는 장면으로 진행되고 있었다.

오른쪽 안쪽에서 등장한 '검은 옷을 입은 소녀'는 수화기를 붙

들고 소리 지르는 중년 남성의 등 뒤에 말없이 선다. 그러자 남자는 뒤의 기척을 알아차리고 수화기를 향해 말하기를 멈추고 뒤돌아본다. 거기서 순간 암전. 다음에 조명이 켜질 때 '검은 옷을 입은 소녀'는 사라진다. 조명과 무대 세트를 잘 사용한 훌륭한 전환이었다.

남자가 수화기를 내던지고 방금 보았던 소녀의 망령에 두려움을 느낀다…….

연극을 이해하는 데 큰 힌트가 될 장면이었다.

찰나의 순간 모습을 보이고 무대에서 사라져 버린 '검은 옷을 입은 소녀'를 불러 보았다.

"사다코…….""

그냥 부른 게 아니었다. 모습을 잠깐 보이고 사라진 이에게 돌아와 달라고 애원하는 목소리였다. 도야마는 문득 불쾌한 예감에 사로잡혔다. 무대에서 사다코가 사라지는 모습이 왠지 이후의 일을 암시하는 복선처럼 느껴졌다.

'아, 좀. 불길하게 무슨 생각을.'

도야마는 무대를 응시했다. 다시 한 번 '검은 옷을 입은 소녀'의 등장 장면이 나올 터였다.

이번에는 무대 정면 안쪽에서 등장했다. 중앙의 단상에 서서 '검은 옷을 입은 소녀'가 뭔가 말하려고 입을 열었다. 하지만 거기서 다시 암전. 무대는 완전히 다른 장면으로 전환되었다. '검은 옷을 입은 소녀'가 결국 무슨 말을 하려고 했는지 관객은 알지 못하는 연출이었다.

도야마는 연극에 자신의 기분을 겹쳤다. 사다코가 입을 다물지 말고 큰 소리로 말해 주길 바랐다. 극단 사람들에게 비밀로 하지 말고 좀 더 둘 사이를 적극적으로 알리길 바랐다.

'도야마 씨, 당신을 사랑해.'

수많은 관객들 앞에서 그 말을 듣는다면 얼마나 멋질까. 숨기지 말고 모두에게 알리면 남들 눈을 피해 껴안아야 할 필요도 없어진다. 그렇게 되면 얼마나 속 시원할까.

누굴 꺼릴 필요 하나 없이 사다코와의 사랑을 말하고 싶다. 그렇다. 시게모리에게도 그 정보를 빈틈없이 제대로 전달하는 것이다. 사다코가 사랑하는 사람은 도야마이고, 시게모리가 아니라는 것을 알려 주자. 그러면 시게모리도 아까 같은 짓은 못 할 것이다.

도야마는 혼란스러웠다. 아무도 없는 객석 로비에서 능동적인 행위를 한 사람은 시게모리가 아니었다. 사다코였다.

'검은 옷을 입은 소녀'는 여운을 남기며 무대에서 사라졌다. 몇 번 나오지 않지만 거기 확실히 존재한다는 분위기를 남기고 사라지는 방법이 제법 효과적이었다. 불필요한 것을 일절 배제했다. 물론 작별의 말도 없었다.

하지만 그것은 결코 현실에서 있어서는 안 될 방식이었다.

8

총 리허설이 끝나고 대부분 지적 사항이 없어 '수고하셨습니다'라는 말이 오갔다.

"수고하셨습니다."라는 인사가 시게모리 입에서 나오면 그 후에는 자유 해산을 하며 강제 사항은 전혀 없다. 피곤했던 도야마는 가슴을 쓸어내리며 한숨 쉬었다. 잘못한 것도 몇 가지 있다 보니 조목조목 잔소리라도 듣게 되면 끝이 없었으리라.

총 리허설이 잘 끝나서 빠르게 해산하게 해 주었다기보단 시게모리 본인이 피곤해서 해산할 수밖에 없다는 것이 더 옳은 말이리라. 무대와 객석 스태프와 배우, 제작자들을 나란히 세우고 시게모리가 한 마디씩 연극에 대한 감상을 이야기했다. 그리고 내일부터 3주 동안 이어지는 공연을 다들 힘내서 하자고 격려했다. 안색이 좋지 않았고 의자에 앉아 몸을 늘어뜨린 그대로 의자에서 일어나려고도 하지 않았다.

하지만 드디어 내일이 상연 첫날이라는 기대감 덕에 연기자들의 얼굴은 밝게 빛났다.

"수고하셨습니다."

서로 인사를 나누고 돌아가는 사람, 연습을 계속하는 사람 등 각각 자유로운 시간을 갖는다. 단, 극장 전체가 닫는 12시까지는 모두 나가야만 했다. 경비가 확인을 하기 때문에 그 이후의 시간에 남아 있기는 불가능하다.

도야마는 음향효과실을 정리하려고 다시 올라갔다.

"자, 이제……."

내일 초연에 대비하여 더 할 일이 없나 다시 확인했다.

사다코에 대한 복잡한 심경을 안고 있긴 하지만 총 리허설을 통해 테이프도 일단 다 확인해 본 셈이었다. 변조된 부분은 전혀 없었다. 자신의 귀를 믿었다. 아무리 마음이 뒤숭숭하다 해도 기묘한 소리가 삽입된 사실은 없어 보였다. 헤드폰을 끼고 아무런 이상이 없었다면 일반 관객도 감지하지 않을 정도의 소리이니 연극 진행에 지장은 없으리라 생각했다.

'맞아, 녹음용 카세트테이프.'

도야마가 책상 아래 수납장에 있는 카세트 녹음기 한 대를 꺼내 보기로 했다. 가지고 다니기 편하게 양 끝에 가죽 끈이 달려 있었다. 도야마는 그 끈을 잡고 녹음기를 잡아당겼다.

끈을 어깨에 걸고 다닐 수 있는 데다 마이크가 내장된 최신형 모델이었다. 거리의 잡음을 녹음할 때 이것을 들고 거리로 나갔다가 나중에 오픈 더빙으로 편집하는 식으로 쓴다.

이 기계에 별로 듣고 싶지 않은 소리가 녹음되어 있다는 것을 알고 있다. 어제 오후 연습생들만 연습실에 남아 있을 때 다들 장난기가 발동했다.

사건의 발단은 오쿠보였다. 성대모사를 워낙 잘해 개인기 중 하나로 손꼽는 그는 자기 목소리를 녹음해 성대모사를 직접 확인해 보고 싶다고 했다. 아직 많이 보급되어 있지 않았던 카세트 녹음기가 신기했는지 오쿠보는 도야마에게 사용법을 배우고 동료들을 불렀다.

도야마를 포함해 연습생만 몇 명이 모여 있었고, 오쿠보는 특히 잘하는 몇 가지를 선보였다. 뜨거운 호응을 받자 테이프를 되돌려 자신이 한 성대모사에 자지러지게 웃더니 스스로를 비평했다. 그 비평도 제법 웃겨서 카세트를 둘러싼 놀이는 더욱 열띤 반응을 불러일으켰다.

TV 탤런트를 중심으로 성대모사를 하다가 대상을 주변 사람으로 바꿨다. 극단 간부이며 말투에 특징이 있는 배우를 흉내 내

웃음거리로 만들었다. 그러다 화살이 연출가인 시게모리에게 향했다. 해서는 안 될 일이었다. 소심한 동료 하나가 극단 사무실 앞까지 뛰어가서 시게모리가 없는 것을 확인하고 오기까지 했다. 행여나 들켰다간 큰일이 난다. 시게모리가 연습장에 없다는 것을 확인하고 나자 오쿠보의 성대모사는 최고조에 이르렀다.

지적질을 할 때의 시게모리의 말투와 서투른 연기를 나무라며 깐죽거리는 말투, 신인 여배우를 꼬실 때 늘 하던 멘트까지 제법 재치 있게 흉내 냈다. 평소 늘 접하는 사람이다 보니 더욱 재미있게 들렸다. 오쿠보는 카세트 녹음기를 누르고 연이어 시게모리의 흉내를 냈다.

그때 상황을 전부 녹음한 카세트테이프가 지금 도야마의 눈앞에 있다. 내일 상연 첫날 이후에 만약에 있을 상황에 대비해 바로 작업할 수 있도록 공테이프를 넣어 둬야 했다. 그런데 예비용 테이프가 없어서 어떻게 해야 할까 고민하던 참이었다.

시게모리를 소재로 자지러지게 웃는 소리가 녹음된 테이프는 위험한 물건이었다. 만에 하나 그것이 새어 나가서 시게모리가 알기라도 하면 호통만으로 끝나지 않으리라. 듣던 사람들이야 괜찮겠지만 여자를 꼬실 때의 버릇을 손짓 발짓 섞어 가며 흉내 낸데다, 차일 때의 상황을 재현해 웃음거리로 만든 오쿠보는 어떤 일을 당할지 상상할 수도 없었다.

도야마는 카세트테이프에 녹음된 것을 지우기로 맘먹었다.

마이크를 꺼 두고 녹음 버튼을 누르면 이전의 녹음은 깨끗하게 지워질 것이다. 어디 어떤 소리가 들어 있는지 일일이 확인하는 것도 지겨우니 테이프를 처음으로 돌려 지우기로 결정했다. 대신 전부 지우기까지 45분이라는 시간이 필요하다.

도야마는 카세트의 녹음 버튼을 켜고 테이프가 돌아가기 시작하는 것을 지켜보았다. 이제 놀이의 증거는 사라진다.

심심해서 무심코 무대를 봤다. 연기자 몇 명이 자신이 설 위치를 확인하며 무대를 천천히 걷고 있었다. 무대 중앙의 상단에는 야마무라 사다코의 모습도 보였다.

뭔가 말하려고 입을 열었다가 그 순간 암전이 되는 장면의 연습을, 사다코는 스스로 납득할 때까지 반복하고 있다. 사다코는 무슨 말을 하려고 하는 걸까. 아니다. 그보다 말하려고 싶어 하지만 말로 표현되지 않는 사다코의 대사가, 시게모리의 머릿속에 과연 있었을까? 혹시라도 그런 대사가 있었다면 도야마는 직접 사다코에게서 그 말을 듣고 싶었다.

도야마는 음향효과실 창문에 얼굴을 바싹 갖다 대고 사다코를 바라보았다.

사다코 역시 도야마가 자신을 바라보고 있는 것을 알고 있는 듯했다. 그녀는 연습을 멈추고 두 팔을 내리더니 시선을 도야마에게로 향했다. 거리가 있었지만 도야마는 확실히 본인을 위한 몸짓이라는 것을 알았다. 사다코의 시선과 자신의 시선이 지금 분명히 얽혀 있다는 확신.

음향효과실에는 스탠드 조명이 켜져 있다. 도야마의 얼굴만 동그랗게 창문 너머로 떠올라 있었을 것이다. 배경 조명이 켜진 무대는 총 리허설 때와는 완전히 다른 분위기였다. 새하얀 배경에 서 있는 사다코는 얼굴색까지 달라 보였다. 무대 의상인 검은 드레스의 색이 미묘하게 달라 보여 속옷까지 비치는 듯해서 매우

야한 분위기가 감돌았다.

사다코는 무대에서 객석으로 내려와 로비로 걷기 시작했다.

'사다코가 이제 음향효과실로 오고 있어.'

도야마는 사다코의 몸을 상상 속에서 그려 보았다. 지금 그녀는 로비를 지나쳐 이곳으로 올라오는 나선형 계단을 천천히 걷고 있으리라. 결코 서두르지 않고 상대를 안달 나게 하는 느긋한 움직임으로.

문에서 노크 소리가 나길 기다렸다.

'3, 2, 1, 0.'

동시에 노크 소리 없이 문이 열렸다.

열린 틈을 통해 슥 들어온 사다코는 뒤로 손을 뻗어 문을 닫았다.

"나를 불렀어?"

가까이에서 보니 무대 의상을 입은 사다코는 요염했다.

도야마는 웃으려고도 하지 않고 말없이 화난 표정을 지으려 했으나 실제 어떻게 보였는지는 알 수 없었다. 사다코는 도야마가 기껏 짓고 있는 불쾌한 표정에도 개의치 않고 멋대로 다가와 간이 의자에 앉았다.

계속 묵묵히 있는 도야마를 비로소 알아차렸다는 듯 사다코가 말했다.

"어머, 자기야, 지금 화내는 거야?"

도야마가 왜 화났는지를 그녀가 모를 리 없다. 그는 알면서 일부러 몰랐던 척하는 사다코에게 곤혹스러운 심경을 털어놓았다.

"야, 아까 그건 뭐야?"

사다코가 눈썹을 살짝 찌푸리더니 입을 가리며 장난스럽게 웃었다.

"아아, 그거? 후후후."

"내가 보는 것을 알고서도 선생님께 그런 짓을 하다니."

극단 사람들 전체가 시게모리를 늘 선생님이라고 부르기 때문에, 도야마도 버릇대로 그렇게 말했지만 아무래도 어울리지 않아서 일부러 고쳐 말했다.

"제길, 시게모리 새끼……."

"도야마 씨, 질투하네?"

의자 끝에 걸터앉아 있던 사다코가 두 팔로 허리를 받치며 일어나려 했다.

"질투라고? 이게 다 너를 위해 하는 말이야."

속보이는 거짓말이었다. 누굴 위해 하는 말이 아니다. 질투로 괴로운 자신만을 위해 하는 말이었다.

"저기, 도야마 씨, 함부로 너, 너, 하고 부르는 거 그만두지 않을래?"

강한 어조는 아니었지만 마음을 이미 정했다는 말투였다. 확실한 의사 표현에 도야마는 순간 "미안." 하고 사과할 뻔했다가 겨우 참았다.

"아무리 시게모리에게 잘해도 사다코의 앞날이 열릴 거라고 생각하면 안 돼. 그런 방법 말고 제대로, 자기 힘으로 꿈을 붙잡아야지."

'꿈을 붙잡아.'

뻔뻔스러운 말이었다. 청춘 드라마에나 나올 법한 말투에 도야마 스스로도 약간 진저리가 났다.

"꿈…… 꿈이라니. 도야마 씨, 내 꿈이 뭔지 알아?"

"배우로 성공하는 거, 아니야?"

사다코가 의미를 알 수 없는 웃음을 짓더니 한 손을 뺨에 갖다 댔다.

"연극 배우가 된다면, 과연 몇 명이나 나를 보러 와 줄까?"

"연극만이 아니고 TV도 영화도 있어."

"예를 들면 저기 빨갛게 빛나는 저거……."

사다코가 오쿠보의 성대모사를 지우는 카세트 녹음기를 가리켰다. 녹음 버튼을 눌러 놔서 램프에 빨갛게 불이 깜박이고 있었다.

"응? 카세트?"

"오픈 릴 테이프보다 훨씬 작고 녹음도 쉽지?"

"그야 정말 편해졌지."

"영상도 그렇게 될까? 영화관에 있는 영사기 필름이 아니라 카세트테이프 크기의 작은 기계에 여러 가지 영상이 기록되는 일이 가능할까?"

사다코가 말하는 것은 먼 미래의 얘기가 아니었다. 분명 멀지 않은 미래에 카세트 크기의 테이프에 영상이 기록되리란 건 자명했다.

"언젠간 그렇게 되겠지. 사다코가 주연으로 나오는 영화를 가정용 TV에서 쉽게 볼 수 있게 되지 않을까."

"하지만 그렇게 되려면 아직 멀었겠지?"

왠지 체념하는 듯한 말투였다.

"아니야. 불가능하지 않아. 사다코라면……."

"그럼 너무 늦어."

"늦어?"

"기다리다가 할머니가 될지도?"

이대로 순조롭게 여배우로 성장한다면 카세트 형태의 영상 시스템이 보급될 즈음에는 이제 젊다고 할 수 없는 나이가 될 것이다.

"초조해하지 마."

"나이를 먹고 싶지 않아. 영원히 젊게 있고 싶어. 그치? 당신도 그렇지?"

여배우를 꿈꾸는 젊은 여성은 나이를 먹는 것에 큰 공포를 품는다. 사다코도 예외는 아니라고 막연하게 생각했다.

"나는 사다코와 함께라면 나이를 먹어도 좋아."

도야마는 거의 프로포즈나 다름없는 말을 꺼냈다. 거짓이 아니었다. 사다코와 함께 살 수 있다면 나이를 먹더라도 무섭지 않았다. 나이를 먹고 죽게 되었을 때 곁에 사다코가 있어 준다면 안심하고 임종을 맞이할 수 있다. 그 순간, 도야마는 사다코의 팔에 안겨 죽는 모습을 상상했다. 온 세상이 빙글빙글 돌며 저세상으로 가려는 순간 사다코가 자신의 얼굴을 바라보는 것이다. 늙은 자신을……. 그리고 어째서인지 사다코는 그대로였다. 상상은 소름 끼칠 정도로 선명하게 보였다.

사다코는 함께 살자는 도야마의 본심을 알아차리고 입매를 누그러뜨렸다. 그리고 눈썹을 모으며 변명처럼 말했다.

"도야마 씨, 내가 선생님을 좋아한다고 착각하는 거 아니지?"

"당연히 그런 생각은 절대 하지 않아. 하지만 사다코의 행동을 보니까……."

더 이상 말하지 말라고 사다코는 거세게 머리를 흔들었다.

"아냐, 틀려. 착각하지 마. 나는 선생님이 싫어. 너무 끈질기잖
아. 그리고 무섭고. 너무 집요해서 메스꺼울 정도야. 조금이라도
여유가 있으면 좋겠어. 어린애도 아닌 주제에."

시게모리 대선생조차 사다코에게 걸리면 별것 아니었다. 혹시
나 47세나 먹은 시게모리가 진심으로 사랑에 빠진 것 아닌가 싶
어 불쌍했다.

"솔직하게 말해 나는 힘들어. 어떻게 사다코에게 이 마음을 전
해야 할지 모르겠어. 사다코를 믿고 싶은데……."

사다코가 의자에서 몸을 내밀고 도야마의 무릎에 손을 얹었다.

"도야마 씨."

겨우 19세인 사다코였지만 질투에 괴로워 초조해하는 남자의
마음이 어떻게 하면 풀리는지 알았다.

사다코는 일어서서 조명을 껐다. 탁상 위에 있는 스탠드를 끄
자 방은 완전히 어두워졌다. 그저 무대에서 전해지는 조명 불빛만
창문으로 새어 들어와 흐릿하게 사다코의 몸을 비추었다. 하지만
무대에 있는 사람들이 모두 떠나고 조명이 꺼지자 방 안은 암흑
으로 물들었다. 딱 하나 녹음 버튼이 눌린 카세트테이프의 램프
가 빨갛고 작게 구석에서 깜박였다.

암흑 속에서 찰칵하는 소리가 들렸다. 사다코가 방문을 안에
서 잠근 것 같다. 이윽고 도야마의 무릎에 사다코의 무게가 느껴
졌다. 여려 보여도 사다코의 몸은 묵직했다.

아무것도 볼 수 없는 상태에서 도야마는 그 무게만으로 사다

코를 느끼고 그녀가 이끄는 대로 옷을 벗겼다. 등의 지퍼를 내리고 검은 옷을 들어 올려 벗기자, 의자에 앉아 있는 도야마의 양무릎 위에 사다코가 속옷 차림으로 걸터앉은 상태가 되었다.

부드러운 살결을 만지며 도야마의 머릿속에는 사다코의 나신이 떠올랐다. 검은 옷이 벗겨진 사다코는 지금 오히려 '검은 옷을 입은 소녀' 그 자체가 되려 하고 있었다. 어두워서 보이지 않으니 상상력이 더욱 자극되어서 사다코의 나신을 마음껏 상상했다. 빨간 램프의 불빛이 사다코의 그림자를 점점 검게 물들이는 것같이 느껴졌다.

사다코를 자신만의 것으로 만들었다는 만족감이 그간 품었던 초조함과 질투심을 거짓말처럼 날려 버렸다.

시간이 얼마나 흘렀을까. 정신없이 서로의 몸을 만지고 머리카락을 쓸어 넘기며 고개를 젖혀 목덜미에 입술을 파묻는 동안 당연히도 도야마의 욕망이 다음 단계를 원하게 되었다. 하지만 사다코는 사타구니로 뻗는 도야마의 손을 때로는 부드럽게, 때로는 강하게 밀어냈다. 그러다 일부러 생각을 다른 데로 돌리려는 듯이 자기 손을 도야마의 속옷 중앙에 넣었다.

도달하기까지 시간이 걸리지 않았다. 손의 움직임에 이끌려 도야마는 억누른 신음과 함께 끝까지 갔다.

방출된 것은 옷이나 바닥에 한 방울도 흘리지 않고 모두 사다코가 두 손으로 받았다. 정신이 없던 도야마는 사다코가 뭘 하는지 알아차릴 여유가 없었다. 끈적끈적한 소리를 듣고 판단하건대 아무래도 두 손을 비비고 있는 것 같았다. 사다코는 비누처럼 두 손으로 거품을 내듯이 손바닥과 손등에 도야마의 체액을 바르더니 얼굴과 목을 끌어안았다. 자신의 냄새가 코에 훅 들어왔다.

그렇게 사다코는 귓가에 겨우 들릴까 말까 한 목소리로 속삭였다.

"더 이상 나를 사랑하지 마. 나는 도야마 씨를 잃고 싶지 않아."

입으로 말을 하는 것이 아니라 뇌 속에 직접 말이 전달되는 느낌이었다.

'도야마 씨. 사랑해.'

너무 염원한 나머지 환청을 들었던 걸까? 사다코의 목소리가 이번에도 뇌에 직접 전해졌다.

만약 정말 듣고 있는 것이라면 사다코가 하는 사랑의 말을 모든 사람에게 들려주고 싶었다. 특히 시게모리도 들었으면 좋겠다.

"사다코……모두의 앞에서 사랑한다고 말해 주면 얼마나……."

잔뜩 쉰 목소리로 도야마가 말했다. 하지만 사다코는 싫다는 듯이 도리질쳤다.

그 때문에 도야마의 다리가 캐비닛 한쪽 모서리에 닿았다. 달그락, 하고 뭔가 쓰러지는 소리가 났다. 사다코에 대한 사랑 때문에 정신없는 와중에도 도야마는 발끝에 닿은 불단과 그 앞에 놓여 있던 탯줄에 순간 의식을 빼앗겼다.

'도야마 씨, 사랑해.'

뇌에 직접 전달된 목소리. 그 목소리와 함께 어디선가 아기 울음소리가 들려오는 것 같은 느낌이 들었다. 아니다. 느낌이 아니었다. 사다코의 등 뒤로 갓 태어난 아기 울음소리가 들려왔다.

9

1990년 11월

세포 하나하나에서 야마무라 사다코의 살결 감촉이 생생하게 되살아났다. 뇌가 기억하고 있다기보다 세포가 담고 있는 DNA에 기억이 새겨져 있는 듯했다.

24년 전 청춘의 한 챕터를 요시노 기자에게 전하면서 그리 자세하게 말하진 않았다. 총 연습 날의 상황을 요점 몇 가지만 간추려 설명했을 뿐이다. 하지만 말하는 동안 도야마는 마치 어제 일처럼 사다코의 말투와 부드러운 피부, 머릿결의 감촉을 떠올렸다.

'도야마 씨, 사랑해.'

사다코의 목소리가 아직 귓속에 남아 있다. 현실의 목소리였을까, 아니면 환청일까. 미묘한 분위기를 머금고 목소리는 본연의 울림을 재현하고 있었다. 평생 단 한 사람, 함께 살면 행복했으리라 생각한 여자의 목소리였다.

만날 수 있다면 만나고 싶었다. 지금 어디서 뭘 하고 있을까? 소식을 파악할 수 없다니 여배우로서는 완전히 무명으로 끝난 것이 확실했다. 사다코 정도로 개성적인 매력이 있는 여성이 무명인 채로 끝났다는 것을 믿을 수가 없었다. 그러니 도야마가 불길한 예감에 휩싸인 것도 무리는 아니었다.

묻는 것 자체로 용기가 필요했다. 도야마는 질문했다.

"저기요, 요시노 씨. 혹시 알고 계시면 숨기지 말고 알려 주십시오. 사다코는 지금 어떻게 살고 있을 거라 생각합니까?"

요시노가 만년필을 쥔 손으로 턱을 누르더니 혀끝으로 펜을 핥았다.

"모순된 질문이군요. 그녀의 소식을 모르니 지금 어떻게 사는 지 알 리가 없잖습니까."

"아뇨, 당신은 뭔가 정보를 갖고 있습니다. 질문만 계속 하고 아무 대답도 하지 않는 것은 좀 치사한 일 아닌가요?"

"그렇지만 말이죠……."

도야마가 정색한 얼굴로 몸을 앞으로 내밀었다. 요시노의 덥수 룩한 수염이 바로 눈앞에 보였다.

"사다코는 지금 살아 있습니까?"

단도직입적으로 물을 수밖에 없었다. 그렇지 않으면 이야기가 겉돌 뿐이었다.

요시노는 도야마의 진지한 표정에 이끌렸는지 표정을 풀고 고 개를 두 번 살짝 가로저었다.

"아니요. 유감이지만 아마……."

정확한 정보가 아니라고는 하지만 요시노는 아사카와라는 동 료 기자에게 들은 정보대로 판단하자면 야마무라 사다코가 지금 이 세상에 살아 있지 않으리라는 추측을 할 수 있다고 전했다. 어 떠한 사건에 휘말렸을 가능성이 있으며, 아마 24년 전 극단에서 모습을 감춘 직후에 일어난 일이라는 내용을 '추측에 지나지 않 지만'이라는 말과 함께 설명했다.

그걸로 충분했다. 도야마가 두려워하던 그대로였다. 놀랄 일은 아니었다. 언제부턴가 그런 예감이 들었다. 도야마는 사다코가 이 미 이 세상 사람이 아니라는 예감을 줄곧 품고 살아왔다.

하지만 사실에 가까운 정보로서 요시노의 입으로 듣자 도야마의 몸은 생각보다 정직하게 반응했다.

갑작스러운 일이었다. 뚝, 하고 굵은 눈물이 뺨을 타고 흘러내리는 게 아니라 두 눈에서 그대로 바닥으로 떨어져 내렸다. 47세나 되어 이렇게 울 일이 생기리라고는 꿈에도 생각지 못했다. 오히려 도야마가 놀라 버렸다. 평생 단 한 번, 몸을 불사르는 듯한 사랑……. 하지만 이제 24년이나 지난 이야기였다. 여자를 모르는 것도 아니고 웬만큼 놀아 본 도야마가 사다코의 죽음에 대해 확신하자마자 무심코 눈물을 흘리다니 정말 웃긴 이야기였다.

놀란 요시노가 가방을 뒤지더니 휴지를 꺼내 잠자코 내밀었다.

"죄송합니다. 왠지……."

도야마는 변명을 하다 말고 코를 풀었다.

"심정은 알겠습니다."

요시노의 말이 천연덕스러웠다.

'알긴 뭘 알아!'

도야마는 다시 한 번 코를 풀고, 아까부터 줄곧 마음에 걸렸던 말을 꺼냈다.

"그러면 요시노 씨는 우리 극단 동기들과 통화를 하셨던 거죠?"

"네. 이노 씨, 기타지마 씨, 가토 씨, 세 사람입니다."

"그럼 그 사람들은 다 저와 사다코가 특별한 사이였다는 걸 알고 있었던 거군요?"

"네."

도야마는 그것이 납득되지 않았다. 사다코는 둘 사이가 공공연해지지 않도록 필요 이상으로 주의를 기울였다. 결코 남에게 말하지 말라는 부탁을 받고 도야마도 줄곧 신경을 썼다. 그런데도 어떻게 그들이 알고 있었을까. 정말 궁금했다.

"모르겠습니다. 절대 들키지 않았다고 자신했었는데."

요시노가 도야마가 진정된 것을 알고 웃으며 말했다.

"둔하시군요. 서로 사랑한다면 본인들이 아무리 숨겨도 주변 사람은 다 아는 법입니다."

"구체적으로 뭐라고 하던가요?"

요시노가 웃음인지 한숨인지 모를 소리로 말했다.

"아, 그렇지. 당신은 모르겠군요. 아무래도, 장난을 좀 쳤던 것 같습니다."

"장난……."

"일단 24년 전 이야기라 이야기를 들어도 갈피를 잡을 수 없었는데, 당신 이야기를 듣는 동안 몰랐던 사실을 깨달았습니다. 이야기가 맞아떨어지는군요."

그렇게 요시노가 동기생 기타지마에게서 들은 이야기를 간추려 이야기해 주었다. 기타지마가 한 이야기를 그대로 전달한 것이 아니다. 그 정보를 지금 도야마에게 들은 내용과 합쳐서 요시노 나름 정리해 본 것이다.

그것은 3주 동안 이어지다가 무사히 끝을 맞이한 공연 마지막 날인 4월 초 오후의 이야기였다.

오늘이 마지막 날이라 무대 뒤 대기실에는 연습생들이 여느 때와 달리 즐겁게 휴식 시간을 보내고 있었다. 오후 늦은 공연이 끝나면 연극이 무사히 종료되고 대도구나 조명을 해체한 뒤 뒤풀이를 즐길 예정이었다. 그 후에 기다리는 것은 일주일 이상이나 되는 휴가였다. 거의 3개월 만에 드디어 두 발 뻗고 쉴 수 있다.

해방감 때문인지 오쿠보는 또 무리를 모아 특기인 성대모사를 시작했다. 이때는 기타지마도 동료 중 하나로 대기실에 있다가 오쿠보의 개인기에 박수를 치고 있었다.

누가 시작했는지 확실하지는 않다. 오쿠보의 개인기가 시작될 무렵 누군가 문득 이전에 녹음했던 카세트테이프 이야기를 꺼냈다. '그러고 보니 그런 물건을 가지고 놀았지.' 하고 회상하던 오쿠보의 관심은 성대모사에서 멀어져 걱정스러운 듯이 허공을 헤맸다. 카세트테이프는 어떻게 됐을까, 하고 오쿠보가 갑자기 불안한 표정으로 동료들에게 묻고 다녔지만 아무도 아는 사람이 없었다. 카세트를 담당하는 도야마 외에는 아는 사람이 없다는 것을 확인하게 되었다.

오쿠보에게 카세트테이프는 위험한 폭탄이었다. 시게모리의 손에 들어가기라도 하면 기껏 받은 휴일이 사라질지도 몰랐다. 오쿠보는 확실히 처리해 두지 않으면 안심하고 마지막 공연을 함께할 수 없다고 판단했다.

그래서 음향효과실로 카세트테이프를 찾으러 가자는 말을 했다. 기타지마는 성대모사도 그만두고 카세트테이프에 집착하는 오쿠보에게 흥미를 잃고 대기실에서 나와 로비에 있는 화장실로 향했다. 관객이 들어오기 전의 화장실은 인적이 드물기에 큰 볼일은 늘 이쪽에서 보곤 했다.

로비까지는 오쿠보와 함께 왔다가 거기서 갈라졌다. 오쿠보는 나선 계단으로 올라가 음향효과실로 들어갔고 기타지마는 아무도 없는 화장실에서 천천히 볼일을 보았다.

잠시 후 볼일을 마치고 공중전화를 사용해 티켓을 확인한 뒤 대기실로 돌아왔더니, 얼굴이 새빨개져서 뛰어나가는 시게모리와 부딪힐 뻔했다. 그 순간 기타지마는 뭔가 좋지 않은 일어났다고 알아차렸지만 눈앞에 있는 자신에게 시게모리가 아무런 관심도 표시하지 않자 일단 화낼 대상이 본인이 아닌 셈이라 생각하고 크게 마음을 놓았다.

타이밍으로 판단하자면 그 카세트테이프의 존재를 시게모리가 알고 과잉 반응을 하는 분위기였다. 하지만 그 후 시게모리의 행동에 주의를 기울인 기타지마는 생각지도 못한 모습을 목격했다.

시게모리는 분노도 곤혹도 아닌, 허둥대는 모습으로 여자 대기실 문을 열고 떨리는 목소리로 야마무라 사다코의 이름을 불렀다.

세면대 그늘에 몸을 반쯤 숨긴 기타지마는 상황을 지켜보았다. 시게모리에게 이름을 불려서 여자가 문이 있는 곳까지 나오는 기척이 있었다. 아마 사다코가 아닐까. 복도 쪽에 선 시게모리와 거의 겹치는 형태로 대기실 안쪽에 서 있어서 얼굴은커녕 몸의 일부조차 보이지 않았다. 하지만 시게모리가 말하는 내용을 들어보니 거기 있는 사람이 사다코인 것은 확실했다.

"사다코…… 너는……."

시게모리는 사다코의 어깨에 손을 얹으려 했다. 그리고 흔들리듯, 쓸어내리듯, 간절한 표정을 짓더니 협박하는 기세가 되어 얼굴을 심상치 않게 일그러뜨리더니 날카로운 눈빛으로 사다코를 정면에서 응시했다. 때로 눈물조차 글썽였다. 시게모리의 옆얼굴에는 사랑과 증오가 고스란히 존재하고 있었다.

거의 10분 가까이 끈질기게 시게모리에게 시달리다가 겨우 해방되었을 때에도 사다코는 대기실에서 나올 생각을 하지 않았다. 하지만 오후 공연 시간이 다 되어 의상이나 소도구를 가지러 대기실 밖으로 나왔을 때 그녀가 지은 표정을, 기타지마는 지금도 잊을 수 없었다고 했다.

깊은 절망. 달리 뭐라고 말할 수 있을까? 급하게 대역으로 맡게 된 첫 무대였다. 관객의 반응은 마뜩찮고, 공연이 진행될수록 사다코는 극심하게 우울해 보였다. 그 탓인지도 모른다. 이때의 사다코는 밑바닥으로 추락한 표정이었다. 평소는 몸 전체에 아우라 같은 것을 두르고 있었다. 빛을 잃고 온몸에서 힘이 빠져나간 모습으로 무대로 가는 계단을 올라가는 뒷모습이 뭐라 할 수 없을 정도로 애처로워 보였다.

그날 기타지마가 직접 관찰한 것은 여기까지였다.

극단을 관두고 이벤트 회사에 취직하여 몇 년이 지나서야 그때 정말 무슨 일이 있었는지 깨닫게 되었다.

히쇼 극단을 나와 각자의 길을 걷기 시작한 동료들끼리 오랜만에 만나자고 해서 기타지마와 오쿠보는 함께 술자리를 가졌다. 그때 기타지마는 "그러고 보니, 그때……." 하고 공연 마지막 날 저녁에 일어난 일에 대한 이야기를 시작했다.

이제부터의 이야기는 기타지마가 오쿠보에게 들은 내용이었다.

시게모리의 흉내를 녹음한 카세트테이프를 찾기 위해 음향효과실을 찾아간 오쿠보는 도야마가 없는 틈을 타 멋대로 방 안을 어지럽히기 시작했다. 그러다 선반 아래 카세트 녹음기를 발견했고 안에 들어 있는 테이프를 처음부터 듣기 시작했다. 테이프에 붙어 있는 인식표를 보고 그것이 문제의 테이프라는 것을 알았다. 하지만 이전에 녹음한 성대모사가 들어 있지 않았다. 빨리감기로 재생을 반복하여 놓치지 않고 듣기 위해 기계를 조작했지만 끝까지 성대모사를 찾지 못하고 "뭐야, 벌써 다 지운 거야?" 하고 안도의 한숨을 쉬었을 때, 오쿠보의 귀에 여자의 신음이 들렸다.

학학, 하는 거친 호흡. 아직 여자를 모르는 오쿠보는 처음에 그 소리의 의미를 알 수 없어서 이게 뭔가 하는 흥미만으로 계속 들었다. 신음이 서서히 말소리를 이루어 가자 그 말의 의미와 함께 목소리의 주인이 누군지도 알게 되었다.

"사다코……."

오쿠보는 그 이름을 불렀다. 틀림없이 사다코의 목소리였다. 코로 숨을 토하며 쾌락에 젖은 신음 소리로 사다코는 온 마음을 다해 이름을 부르며 사랑을 속삭였다.

'더 이상 나를 사랑하지 마. 나는 도야마 씨를 잃고 싶지 않아.'

격하게 숨을 몰아쉬다 때때로 숨을 멈추고 견딜 수 없다는 듯이 소리를 높였다.

'도야마 씨, 사랑해.'

오쿠보는 넋을 잃고 들었다. 내용은 차치하고 듣는 이의 감성을 자극하는 매력이 듬뿍 들어 있는 목소리였다.

갑자기 깨달았다. 말하고 있는 내용의 의미가 머릿속에 전달되자마자 제어할 수 없는 감정에 몸 전체가 휩쓸려 버렸다. 한마디로 표현할 수 없는 감정이었다. 사다코에 대한 감정이 강하게 움직였다. 도야마와 마찬가지로 사다코에게 호의를 품었던 오쿠보는 복잡한 심경을 안고 작업 기간부터 공연에 이르기까지의 모든 흐름을 지켜보고 있었다.

사랑하는 연하의 여성이 연출가에게 찰싹 붙어 배역을 따냈다는 현실을 감당할 수 없었는지도 모른다. 사랑하는 여자가 첫 무대를 앞질러 따냈다는 패배감이 근저에 자리 잡고 있었을지도 모른다. 녹음 테이프를 들어 보니 틀림없이 사다코는 도야마를 사랑하고 있었다. 도야마에 대한 질투가 맹렬히 불타올랐는지도 모른다. 게다가 애초부터 사다코를 유혹하려던 시게모리에게 증거를 들이밀어 보자는 잔인한 심경이었는지도 모른다.

'늘 내가 성대모사 했던 대로, 너한텐 차이는 역할이 딱이야.'

다양한 요소가 결합되어 얼굴이 확 달아오르는 것을 느낀 오쿠보는 그렇게 뭔가에 씌었다고 할 수밖에 없는 행동에 돌입했다.

오쿠보는 테이프를 살짝 뒤로 돌려 재생 버튼을 누르고 볼륨을 올렸다. 그렇게 사다코의 목소리를 확인하고 인터폰의 대기실 버튼을 눌렀다. 도야마의 이름을 부르는 사다코의 쾌락에 젖은 목소리가 대기실에 그대로 흘러 나갔다.

거기까지 말했을 때 도야마가 외침에 가까운 비명을 내질렀다.

"그게 무슨……!"

요시노는 동정하는 표정을 짓고 있었다.

"정말 모르셨습니까?"

정말 지금까지 그런 일이 있었을 거라고 의심해 본 적조차 없었다.

"알고 있었을 리가 없지요! 그때 나는 연극을 보러 온 친구에게 이끌려 밖에서 점심을 먹고 있었으니까!"

극단 동료 대부분이 배급된 도시락을 먹던 중, 어쩌다 도야마만은 친구에게 이끌려 극장 밖으로 나와 점심을 먹고 있었다.

"단단히 입막음 당했으니까요. 엄중하게."

"입막음…… 누구에게?"

"당연히 시게모리죠."

"시게모리가, 테이프의 목소리를 들었군요."

"아무래도 그런가 봅니다. 그때 마침 대기실에 있다가 인터폰에서 나오는 사다코의 목소리를 들은 거죠. 그래서 이성을 잃고 사다코에게 뛰어간 겁니다."

그 뒤 시게모리의 몸에 무슨 일이 일어났는지 도야마와 요시노는 이미 알고 있었다.

무사히 마지막 공연을 마치고 무대 뒷정리를 한 뒤 예정대로 뒤풀이가 시작되었다. 해산한 뒤에 시게모리는 극단 간부를 모아 평소처럼 마작을 하러 갔다. 요시노의 정보에 따르면 그 자리에서 시게모리가 극단 간부이자 배우인 아리마에게 사다코의 특이한 능력에 관한 이야기를 들었고, 그런 연유도 있어서 그런지 "지금 야마무라 사다코의 방을 덮치겠다."라고 기세등등하게 외쳤다고 한다.

술에 평소보다 많이 올라 누구도 시게모리가 한 말에 토를 달 수 없었다. 술을 더 마시면 몸에 안 좋다며 다른 사람들이 빨리 마작을 파하고 돌아갔다. 아무도 시게모리가 정말 행동으로 옮겼다고는 생각하지 않았다고 했다.

그렇게 진실은 영원히 어둠에 묻혔다. 정말 시게모리가 격정에 휩싸인 상태로 한밤중에 야마무라 사다코의 방으로 찾아갔을까? 진상을 아는 사람은 아무도 없었다. 그도 그럴 것이, 그다음 날 시게모리는 연습장에 나오긴 했지만 완전히 다른 사람처럼 아무 말도 없이 아무 일도 하지 않고 여기저기 돌아다니기만 하다가 의자에 앉아 잠드는 것처럼 숨을 거두고 말았다. 원인은 급성 심부전. 무리하게 소화한 공연 스케줄이 죽음을 앞당긴 것 아닐까, 하고 누구나 있을 법한 일이라는 생각을 했다.

알궂은 이야기였다. 도야마는 그때 음향효과실에서 힘들게 지낸 세월을 생각했다. 사랑받고 있다는 확증은 있어도 시게모리의 눈앞에서는 필요 이상으로 숨기려는 사다코 때문에 질투로 고통받던 나날. 그녀의 사랑의 말을, 그 참된 목소리를 그대로 모두에게 들려주고 싶으면 얼마나 좋을지 생각했는데, 아이러니하게도 그것이 현실이 된 것이다. 권력을 이용해 여자를 낚으려는 행위를 응징하기 위해서도 사다코의 사랑의 말을 직접 시게모리의 귀에 들려주고 싶었다. 그것도 그대로 현실이 되었다.

생각만으로도 도야마는 머리가 아팠다. 마음에 담고 있던 소원을 사다코에게 말했었는데.

"사다코…… 모두의 앞에서 사랑한다고 말해 주면 얼마나……."

카세트테이프의 목소리가 음향효과실에서 흘러나왔다. 음향효과실의 담당은 도야마 자신이었다. 그가 밖에서 점심을 먹고 있었다는 걸 아마 사다코는 몰랐으리라. 평소 그가 원해 왔으니, 자신의 신음 소리를 녹음해 튼 사람이 누구일지 그녀도 어느 정도 확신했음에 틀림없다.

이제 와서 어쩔 줄 몰라 해 봤자 어쩔 수 없는 일이다. 그 밤,

시게모리와 무슨 일이 있었는지는 알 수 없지만 사다코가 실종된 이유에 본인도 얽혀 있었다는 것은 확실하다. 사다코는 아마도 도야마에게 배신당했다고 생각했을 것이다. 가장 믿고 있던 상대에게 배신당하고 성행위를 하며 낸 신음이 스피커로 내보내졌다는, 젊은 여성에게 가장 굴욕적인 짓을 당했다고 착각을 한 채로.

그래서 사다코는 아무 말도 없이 극단을 떠났고, 도야마의 곁도 떠났다.

무력감이 온몸을 내리눌렀다. 사다코는 이제 이 세상 사람이 아닐 것이다. 어떤 변명도 전달할 수 없게 되었다. 이제 와서 후회해 봤자 아무 소용 없었다. 다 지난 일이었다. 오쿠보가 한 장난도 어떤 의미로는 늘 도야마가 꿈꾸던 것이었으니 참 복잡한 심경이었다.

도야마의 머릿속에 자그마한 몸집의 오쿠보가 떠올랐다. 오랜만에 보고 싶다는 생각이 들었다. 만나서 그때의 일을 자세하게 듣고 싶었다.

사다코가 모습을 감추고 두 달 뒤에 도야마도 히쇼 극단을 관두었기 때문에 동기생들의 연락처는 없었다.

"그런데 오쿠보의 연락처를 받을 수 있을까요?"

신문 기자인 요시노에게 물으면 그 정보를 얻을 수 있을 것이다. 일단 요시노는 동기생 여덟 명의 연락처를 알아냈으니까.

"아, 그게, 오쿠보 씨는 돌아가셨습니다."

"네? 죽었어요?"

허를 찔린 나머지 몸을 조금 젖혔다. 충격이었다.

"동기생 중에 지금도 연락이 되는 사람은 도야마 씨까지 해서

네 명입니다."

"다른 네 명은?"

"그러니까, 이미 돌아가셨다고요."

도야마와 오쿠보는 동기생 중에 가장 나이가 많아서 살아 있다면 둘 다 47세다. 딱 시게모리가 죽었을 때와 같았다. 그 이외의 동료는 대부분 두세 살 어렸다. 죽기엔 아직 너무 젊은 나이였다. 동기생 여덟 명 중 반이나 40대 중반에 사망했다니 확률적으로 생각해도 어이가 없었다. 그보단 훨씬 오래 살아야 하는데.

"그런데 오쿠보는 어떻게 죽은 건가요?"

병이나 사고, 둘 중 하나이리라.

"10년 전이라고는 들었습니다. 사인까진 저도 잘……. 기타지마 씨에게 물어보시면 좋겠네요. 저도 기타지마 씨에게 들었으니까."

당연히 그럴 생각이었다.

"기타지마의 연락처는 아십니까?"

요시노가 가방에서 수첩을 꺼내 전화번호를 불러 주었다. 도쿄 시내 번호였다. 숫자를 받아 적으며 도야마는 내일이라도 바로 전화해 봐야겠다고 생각했다.

10

지하철 역에서 나와 회사 방면으로 히토쓰키 대로를 걸었다. 도야마는 등에 몇 번이나 식은땀이 흐르는 것을 느꼈다. 이제 곧 섣달인데 아직도 날씨가 따뜻했다. 구름 한 점 없는 하늘은 보기만 해도 상쾌해야 하지만 도야마의 속은 전혀 맑지 않았다.

어제 오랜만에 기타지마에게 연락해서 이야기를 나눈 내용이 머릿속에서 떠나질 않았다. 표현하기 어려운 그 불쾌함이 목덜미 언저리에 계속 붙어 있었다.

기타지마의 말에 따르면 오쿠보를 시작으로 동기 네 명이 최근 몇 년 동안 차례로 죽었다고 한다. 그것도 원인은 다 똑같은 급성 심부전이나 협심증, 심근경색 따위의 심장병이었다. 그리고 무서울 정도로 내용에 부합되는 사실이 또 있었다.

오쿠보가 한 장난 때문에 사다코의 신음이 인터폰을 통해 대기실로 흘러갔다. 그때 대기실에는 모리 신이치로, 다카하타 게이코, 유미 마유, 이렇게 세 사람이 있었다. 우연히 대기실에 들어온 시게모리를 포함해 딱 네 사람이 테이프의 소리를 들었는데, 그때 있던 멤버가 전부 심장병으로 죽었다. 시게모리는 테이프를 듣고 다음 날에 죽었고, 나머지 세 사람은 20년 정도 지난 뒤였으니 죽는 시기가 달랐다. 그래도 우연으로 치부하기엔 이상하게 사망률이 높았다.

음향효과실에서 테이프를 튼 장본인인 오쿠보는 훨씬 빠른 서른일곱에 심근경색으로 죽었다. 어떤 형태로든 테이프를 들었던 사람은 다섯 전부 심장병이 원인으로 사망했다는 사실은 아무리 생각해도 석연치 않았다.

'나도 들었던가?'

도야마가 신경 쓰이는 부분이 그거였다. 실제로 테이프를 듣진 않았다. 하지만 뇌리에 직접 각인되듯이 생생하게 사다코 목소리의 침입을 받은 것은 확실했다. 지상 최고의 쾌락이라고 생각했던

126

사다코의 말이 지금은 다른 의미를 갖기 시작했다.

그리고 또 한 가지, 전에 요시노와 이야기했을 때 깜빡 말하지 못했던 것이 있었다. 사다코의 목소리가 카세트에 녹음될 리가 없다는 확신이었다.

24년이 지난 지금도 확실히 기억한다. 도야마는 오쿠보의 성대모사를 지우려고 카세트의 녹음 버튼을 눌러 놨다. 그런데 아무것도 녹음되지 않은 공테이프를 만들기 위해서는 내장 마이크를 꺼 놔야만 했다. 몇 번이나 확인했다. 중요한 일이라 특히 신경을 써서 확인했다. 시각적으로 확실히 기억하고 있는 일이었다. 녹음 음량을 나타내는 볼륨 표시 바늘은 움직이지 않았다. 줄곧 0을 가리키며 정지되어 있었다.

따라서 사다코의 목소리가 녹음되어 있을 리가 없는 것이다. 이것은 당연한 결론이었다.

길을 걸으며 도야마는 갑자기 현기증에 비틀거리며 전봇대에 기댔다. 오늘 어지럼증과 호흡 곤란이 특히 심했다. 평소라면 잠깐 쉬면 좋아졌는데, 구역질과 함께 현기증이 멎질 않았다.

회사 정문을 지나 현관에 들어서자 정면이 라운지였다. 도야마는 5층에 있는 담당 부서로 가기 전에 라운지의 소파에 몸을 파묻고 나른함과 구역감이 사라지기를 기다렸다. 길을 걷고 있을 때보다는 좋아졌지만 업무로 복귀하기 위해 더 쉬어야 할 필요가 있었다.

라운지 전체가 뿌옇게 보였다.

"도야마 씨."

어디서 이름을 부르는 소리가 들렸다. 눈에 비치는 실내 광경은 얇은 피막에 둘러싸인 것처럼 희미해서 몇 번이나 눈을 비볐다.

"도야마 씨."

부르는 소리가 점점 다가오더니 바로 귓가에서 들려왔다. 누군가의 손이 어깨를 짚고 가볍게 두 번 두드렸다.

"도야마 씨. 왜 그러세요? 아까부터 몇 번이나 부르는데."

눈을 크게 부릅뜨다가 가늘게 뜨며 목소리가 들리는 쪽을 올려다보았다.

어시스턴트 디렉터 후지사키가 믹서 담당 야스이와 함께 바로 옆에 서 있었다. 후지사키나 야스이 모두 도야마의 직속 부하였다.

눈부신 듯 도야마의 얼굴을 내려다보는 모습이었다. 후지사키는 표정이 안 좋았다.

"큰일났어요."

'무슨 일이지?'

어떤 큰일인지 물으려 했으나 갑자기 목소리가 나오지 않았다.

"……."

"괜찮으세요? 도야마 씨."

"미, 미안한데, 물 좀, 가져와, 주게."

"알겠습니다."

후지사키가 실내 한쪽에 있는 자판기에서 이온음료를 사서 도야마에게 주었다. 다 마시니 겨우 제정신이 들어 도야마는 아까 하려던 말을 꺼냈다.

"대체 무슨 일인데?"

"무슨 일이고 자시고, 잠깐 와 보세요. 정말 이러지도 저러지도 못하고 있다니까요."

도야마가 무거운 몸을 이끌고 후지사키와 야스이에게 이끌려 엘리베이터를 타고 제2스튜디오가 있는 3층으로 갔다. 제2스튜디오는 클래식 계열의 녹음에 주로 사용되며 실내악이나 현악 연주라면 문제가 없을 정도의 기자재를 갖추고 있었다.

어제까지 후지사키와 야스이는 음악가와 함께 녹음을 위해 지방으로 출장을 갔었다. 공기가 맑고 건조한 산악 지역의 홀에서 좋은 소리를 녹음할 수 있기 때문에 그 홀은 작업에 주로 사용되었다.

도야마는 후지사키 일행에게서 작업이 잘 되었다는 보고를 받았다. 스튜디오에서 편집 작업을 거치면 앨범으로 완성되어 근 시일 내에 CD로 발매되어 매장에 진열될 것이다.

"무슨 문제라도 일어났나?"

도야마가 묻자 후지사키는 헤드폰을 내밀며 말했다.

"아무튼 일단 한번 들어 보십시오."

도야마가 헤드폰을 끼고 믹서 앞에 앉았다. 눈짓을 보내자 후지사키가 오픈 릴 테이프의 재생 버튼을 눌러 음악을 켰다.

들리는 것은 아름다운 피아노의 선율이었다. 문제가 전혀 없지 않은가, 하고 도야마가 표정으로 전달하려 했을 때였다.

"여깁니다."

후지사키가 말하며 테이프를 감고 재생했다. 메조포르테에서 메조피아노로 디크레센도되는 한 소절에 아주 작지만 피아노 이외의 소리가 삽입되어 있었다. 충분히 훈련된 도야마의 귀에는 분명히 들렸다. 두 눈이 바쁘게 움직였다. 분명히 눈으로 동요가 나타나고 몸이 작게 떨렸다.

"무슨 일이냐고 하셨는데, 제겐 아기 울음소리처럼 들립니다."

응애, 응애, 하는 가녀린 아기 울음소리……. 하지만 그것뿐만이 아니었다. 후지사키에게는 들리지 않겠지만 더욱 안쪽에는 말소리가 들렸다가 사라지고, 들렸다가 사라지고 있었다. 아아, 그리운 목소리였다.

'도야마 씨, 사랑해.'

하지만 아마 후지사키나 야스이는 듣지 못하리라. 그들은 아기 소리만 들었다. 그래서 홀 뒤 같은 곳에 세워 둔 차에 실제 아기가 있어서 그 소리가 마이크에 들어가 버린 거라고 착각하고 있었다.

'그런 게 아니야. 그런 것이 아니라고.'

도야마가 속으로 외쳤다.

"곤란하게 됐지 뭡니까, 도야마 씨. 어떻게 하죠? 이게 원본입니다. 그리고 따로 녹음해 둔 것도 없어요. 녹음할 때는 절대로 이런 소리가 없었는데."

계속 고개만 갸우뚱거리는 후지사키를 남겨 두고 도야마는 스튜디오에서 뛰쳐나갔다.

"도야마 씨, 어디 가십니까!"

스튜디오 출구에서 뒤돌아본 도야마는 간신히 말했다.

"이 방은 답답해. 잠깐 밖에 나갔다 올게."

그렇게 말을 하는 것이 고작이었다.

스튜디오에서 나와 엘리베이터를 기다리는 동안 도야마는 홀 안쪽에 있는 유리창에 뺨을 누르고 거리를 바라보았다. 오후의 햇살이 강해 눈이 부신 나머지 빛과 그림자가 반전되었다. 망막에 백탁이 있지도 않은데 거리의 일부가 희고 뿌옇게 변하다가 전체가 새까맣게 변색되어 갔다. 이마에서 솟아난 식은땀이 창문에 붙어 미끄러지는 기묘한 감촉이 느껴졌다. 땀에 기름기가 많이 들어 있는 모양이었다.

흑과 백이 반전되어 하나같이 색을 잃어버린 세상 속에서, 도야마의 눈에 비치는 점이 하나 있었다. 이 계절에 어울리지 않은 라임 그린 원피스를 입은 여성의 그림자…….

도야마는 먼 옛날 작은 음향효과실 안에서 있었을 때가 연상되었다. 사다코와 나눈 사랑의 행위에 빠져들며 그 새까만 방 안에 깜박이는 카세트의 빨간 램프가, 시야 가장자리에 보였다. 암흑 속에 깜박이는 빨간 점은 어둠을 강조하는 역할을 했다.

지금 바라보는 광경은 음향효과실에서의 경험도 반전시켰다. 캄캄한 풍경 속에 라임그린 원피스만이 원색의 빛깔 그대로 끔찍한 부조화를 일으키고 있었다. 흑백 세계에 돌풍을 일으키는 듯한 박력으로, 아주 작은 녹색 점이 지배력을 군세게 나타냈다.

그때, 엘리베이터 문의 열렸다. 1층으로 나와 현관 밖으로 걸어 나오니 세상은 본연의 색을 되찾았다. 그저 도야마의, 꽉 죄는 듯한 흉통만은 낫지 않았다.

11

목이 타는 듯이 말랐다. 아까 후지사키가 준 이온 음료를 마신 지 얼마 안 되었는데 갈증이 견딜 수 없이 커져만 갔다.

현관을 나와 바로 보이는 자판기에서 레몬소다를 사서 입에 머금었다. 온몸이 수분을 갈구했다. 하지만 맛있다고는 느껴지지 않았다. 오히려 식은땀을 증폭하는 결과를 일으켰다. 도야마는 마시던 레몬소다를 버리고 길을 걸었다.

엘리베이터 홀에서 거리를 내려다봤을 때 현기증과 함께 온 세상의 색이 다 사라져 가는 감각을 느꼈다. 그 속에서 홀로 녹색을 발산하던 작은 빛에 시선을 빼앗겼다. 어떤 목적으로 걷기 시작한 것은 아니다. 그저 녹색의 빛이 생각나서 길로 나오게 되었다.

24년 전 음향효과실에서 본 광경이 어제 일처럼 되살아났다. 스튜디오에서 방금 들었던 목소리 탓이다. 아기의 울음소리와 겹치듯이 속삭이는 목소리. 틀림없이 야마무라 사다코였다.

소리와 냄새는 기억을 선명하게 되살려주는 기폭제가 될 수 있다. 도야마의 기억장치에서 지금까지 24년간 지내온 세월을 싹 삭제해 버렸다. 시간은 사다코와 지낸 음향효과실로 직결되었다.

'그래, 냄새야.'

그때 도야마는 음향효과실에 감돌던 기묘한 냄새를 깨달았다. 맨 처음에는 방에 특이한 냄새가 나는 것을 몰랐다. 하지만 방을 오갈 때마다 천천히 깨닫고 대체 어디서 나는 냄새인지 찾아보려 하기도 했다.

뭐라고 표현하기 어려운 냄새였다. 무언가가 썩는 시큼한 냄새라고 하기도 그렇고 향기롭다고 생각할 만한 것도 아니었다. 그렇지만 확 쏘는 자극이 있었다. 강하지는 않지만 코의 점막을 미묘하게 자극해 오는 냄새였다.

'레몬.'

연상되는 이미지가 레몬에 이르렀다. 방 어딘가에 레몬이 있었는지도 모르겠다. 하지만 숙성된 레몬이 연상되진 않았다. 방에 오랫동안 놓여 있었다면 완전히 썩었을 것이다. 훨씬 신선한 것. 껍질을 까면 나는 자극적인 냄새에 가까웠다. 노란 것이 아닌 녹색의 젊음을 유지한 미숙성된 한 개.

도야마는 방 안을 뒤져보았다. 선반이라는 선반은 다 열어 보았고 캐비닛 뒤까지도 확인했지만 아무것도 발견되지 않았다. 그 과정에서 알게 된 유일한 사실은 불단 앞에 놓여 있던 말라비틀어진 탯줄이 사라졌다는 것이다. 언제, 누구의 손으로 치워졌는지 도야마는 알 길이 없었다. 그 존재를 알고 있던 사람은 야마무라 사다코밖에 없었지만, 별로 소리 내서 뭐라 할 종류의 일이 아닌 터라, 오히려 기분 나쁜 물건이 사라졌다고 안심하고 딱히 화제로 삼지 않았다.

탯줄은 사라지고 그 대신 덜 익은 레몬의 향기가 은은하게 감돌았다.

'탯줄일까?'

전에 어떤 사진집에서 자궁 안에 있는 태아를 촬영한 사진을 본 적이 있다. 수정으로부터 12주가 지난 무렵의 태아를 선명한 컬러 영상으로 촬영한 것이었다.

태아는 몸체보다 머리가 컸다. 두 팔다리를 가지런히 앞으로 내민 모습으로 자궁 안에서 등을 굽히고 있었다. 겨우 5~6센티미터 크기였지만 성별을 판단할 수 있을 정도로 인간으로서의 기초가 만들어졌다. 성기 같은 돌기가 눈에 보였다.

도야마에게 강하게 인상을 주었던 것은 작은 태아와 모체를 연결하는 끈의 존재였다. 손발보다 두껍고 붉은 혈관이 튀어나온 탯줄이 루프 형태로 꼬여 단단히 태반과 연결되어 있었다. 탯줄은 태아에 산소와 영양을 공급하는 중요한 관이었다.

태아에게는 자신이 지금 있는 곳인 자궁이 세계의 전부였다. 그럼 탯줄은 자신이 사는 세계와 그 외부를 연결하는 단 하나의 루트가 되는 셈이다. 인터페이스라고 할 수 있다. 모체 밖으로 나와 처음 태아는 자신이 살던 세상의 바깥에도 세상이 있다는 것을 알게 된다. 얼마나 놀라울지, 도야마는 사진 속의 탯줄을 바라보며 태아의 기분을 상상해 보았다. 안에 있는 한, 바깥 세계는 결코 알 수 없다고.

걸어가는 동안 배꼽 바로 위쪽으로 위가 꾸욱꾸욱 하고 조이는 듯한 감각이 들었다. 아까부터 식은땀이 계속 흘렀다. 두 팔이 달려 있는 언저리가 아팠고 손을 위로 올리려고 해도 움직이지 않았다. 그저 걷는 게 고작이었다.

심장 고동이 격했다.

'24년 전 음향효과실에서 흘러나온 사다코의 목소리를 들은 사람은 전부, 심장병으로 죽었다.'

그 사실이 머릿속에 깜박였다.

'아니, 나는 그때 없었고, 테이프에서 나오는 소리를 들은 적도 없어.'

필사적으로 부정했지만 다른 목소리가 말을 걸었다.

'아니, 너는 그녀에게 직접 목소리를 들었지? 심지어 고막으로 들은 게 아니라 뇌에 직접 말이 새겨졌어.'

아마 기분 탓이겠지. 텔레파시가 되는 것도 아니고, 뇌에 직접 새겨지는 말이라는 것이 있을 리 없다.

'도야마 씨, 사랑해.'

반복해서 맴도는 말. 가장 사랑하는 여성이 해 주는 사랑스러운 말이었다. 그럼에도 불구하고, 그것은 공포의 대상이 되기도 했다.

불안의 씨앗이 바로 지금 주어졌다. 왜 스튜디오 오픈 릴 테이프에 같은 말이 들어 있었을까? 아기 울음소리 너머로 애절한 사다코의 속삭임. 테이프를 통해 들어 버렸다는 공포와 놀라움, 불안, 그리움, 그리고 모순되어 불타오르는 사다코에 대한 사랑. 공포와 사랑이 종이 한 장 차이로 맞붙어 있었다. 24년 전의 감정을 고스란히 되씹으면서 도야마는 명확하게 심장 이상을 감지했다.

돌아보지는 않았지만 반대쪽 길 대각선 후방에 녹색 옷을 입은 여자가 서 있는 것을 알았다. 그 걸음이 도야마보다 약간 빨랐다. 하지만 도야마는 걸었다. 어디로 가기 위해서인지, 왜 걸으면 안 되는지도 모르고 그저 돌아보는 일 없이 앞으로 나아갔다.

녹색 옷을 입은 여자는 도야마와 나란히 서게 되자 길을 지나는 차량을 피하며 이쪽 길을 향해 길을 건너왔다. 아직 익기 전인 레몬의 향기가 코에 감돌았다. 24년 전과 똑같은 냄새였다.

이제 여자는 도야마 바로 옆에 있었다. 손을 뻗으면 닿을 거리에 나란히. 휘청이며 어깨가 움직였을 때 손등이 여자의 팔에 닿았다. 상대는 틀림없이 살아 있다. 살아 있다는 확실한 감촉이 손을 통해 전해져 왔다.

도야마는 옆으로 눈길을 돌려 옆에 있는 여자를 관찰했다. 입고 있는 옷은 녹색 원피스였다. 계절에 맞지 않은 민소매가 보는 사람도 춥게 만들어 길을 건너는 사람들 중에 눈에 확 띄었다. 무리 속에 자신을 주장하고 있는 그 모습이 옛날과 변함없었다.

'자, 봐, 나 여기 있어.'

온몸으로 외치고 있었다.

등 뒤 중간까지 긴 머리 길이…… 손은 투명해 보일 정도로 하였다. 그 손을 잘 보니 검지 손톱 끝이 찢어져 있었다. 발끝으로 시선을 내렸다. 스타킹을 신지 않아 맨발에 구두를 신은 발목에 보라색으로 변한 멍이 있었다. 전체적으로 균형 잡힌 날씬한 몸……. 이것도 옛날과 변함이 없었다.

위를 쥐어짜는 듯한 증상이 점점 심해졌다. 서 있을 수가 없었다. 쓰러지듯 바닥에 앉았더니 녹색 원피스를 입은 여자가 부축했다. 세상의 윤곽이 서서히 희미해졌다. 여자의 맨 다리에 등을 대자 그 부드러운 살에 기름기 충만한 땀이 미끄러졌다.

잠시 그렇게 여자 무릎에 안겨 있었다. 길을 지나는 사람들이 얼굴을 들여다보고 다들 뭐라고 하는데, 뭐라고 하는지 대부분 알아들을 수가 없었다.

아주 어렴풋이 구급차라는 말이 들린 것 같았다. 많은 사람들이 쳐다보는 것이 귀찮았다. 내쫓고 싶었지만 몸이 막대기라도 된 것처럼 움직이지 않았다. 조용히, 여자 무릎에 안겨 있고 싶었다.

손을 들어 여자의 뺨을 만지려 했지만 뜻대로 되지 않았다. 애타는 마음만 헛돌았다. 몸과 마음이 조각조각 흩어지는 것이 답답했다.

그리운 야마무라 사다코의 얼굴이 바로 눈앞에 있었다. 이상하다는 생각은 들지 않았다. 24년 전과 변함없이 젊음을 유지한 얼굴을 올려다보았다. 죽었을 여자…… 그런 것은 아무래도 상관 없었다. 왜 늙지 않았을까…… 그런 것도 아무 문제 없었다. 그저 옛날 그대로의 모습으로 살아 있는 사다코를 다시 만질 수 있다는 것이 기뻐서, 다가온 죽음의 공포에도 아랑곳 않았다. 세상의 윤곽이 급속도로 좁아지는 상황도 버텼다. 하지만 위가 조여드는 통증에서는 어떻게든 벗어나고 싶었다.

어딘가 멀리 구급차 사이렌 소리가 다가오는 것이 느껴졌다. 공기의 진동이 사이렌을 전하고 있었다. 어깨에서 팔꿈치까지는 전혀 움직일 수 없었지만 손가락만은 간신히 움직일 듯했다. 도야마는 사다코에게 닿으려고 손만 바닥을 기게 하여 손가락 몇을 얽히게 하는 데 성공했다.

도야마의 다른 손에 사다코가 핸드백에서 희고 작은 꾸러미를 꺼내 올렸다. 휴지로 감싼 것인데 군데군데 갈색으로 변색되었다. 휴지를 펴서 가운데 있는 물건을 꺼내 도야마의 손바닥 위에 올려놨다. 이전에 어디선가 똑같은 일이 있었던 느낌이다. 사다코가 손가락으로 집어서 도야마의 손바닥에 올려 둔 적이…….

손바닥에 있는 것을 확인하려고 도야마는 턱을 당겨 자기 허리 쪽을 보았다. 무게는 거의 느껴지지 않았다. 그것은 위화감 없이 손에 올라와 있었다.

무리하게 팔을 당겨 뭔가 확인하려 했다. 떨리는 손바닥 위에서 마치 그 물체도 살아 있는 것처럼 떨렸다. 이윽고 도야마는 그것이 탯줄이라는 것을 이해했다.

24년 전, 음향효과실에 있던 말라비틀어진 탯줄이 아니었다. 피가 붙어 있는 아직 새로운 것이었다. 끊어진 지 일주일 정도 된 것 같았다. 자궁과 모체를 잇는 단 하나의 통로. 안쪽 세계와 바깥 세계를 연결하는 접점이었다.

하지만 기묘하게도 그 탯줄은 절단면이 억지로 잡아 뜯은 모양을 하고 있었다. 예리한 가위로 자른 것이 아님은 확실했다.

시야가 훨씬 좁아졌다. 이제 도야마의 눈에는 사다코의 얼굴밖에 보이지 않았다. 몸에 진행 중인 병이 어떤 원인으로 일어났는지는 몰라도 막연히 죽음이 닥쳐왔다는 예감은 들었다. 이 또한 아이러니하게도 사다코에게 안겨 죽고 싶다는 소원마저 이루어지려나 보다.

살며시 미소 지으려 했다. 사다코도 화답해 주길 바랐다. 하지만 계속 그녀는 무표정이었다.

도야마는 옛날 버릇대로 검지를 슬쩍 움직였다. 엔딩 테마를 틀 때는 언제나 신중하게 검지와 엄지를 비빈 뒤에 재생 버튼을 켰다.

사다코가 입을 열어 뭔가 말했다.

'응? 뭐라고? 뭐라고 하려는 거야?'

하지만 꺼내려던 말이 목구멍으로 넘어가고 도야마의 의식으로 전달되진 않았다. '검은 옷을 입은 소녀'가 하고 싶었던 말도 결국 아무 말도 아니었을지도 모른다.

'재생 버튼, 온.'

도야마는 검지를 움직여 탯줄을 가볍게 쥐었다. 그것이 누구의 것인지, 이제 의심할 수 없다.

'사다코는 다시 태어났구나.'

찰나의 시간이 흐르고 암전되었다. 그것은 도야마의 인생의 막을 알리는 것이다.

어디선지 모르게 박수 소리가 들렸다. 그렇게 쏟아지던 많은
시선도 동시에…….

해피 버스데이

1

영상을 다 보고 나서 스기우라 레이코는 가슴의 고동을 억누르며 혼잣말을 했다.

'무슨 연극을 보는 것 같아.'

그런 감상을 느낀 것도 무리는 아니었다.

레이코는 전자기기가 배열된 헤드마운트형 디스플레이를 머리에 쓰고 데이터글러브를 손에 끼워 영상을 본 게 아니라, 아주 단순히 평면 모니터에서 펼쳐지는 장면을 바라본 것에 지나지 않았다. 임신 중인 레이코는 마음을 불안하게 할 자극을 받으면 안 된다. 등장인물과 같은 삶을 살고 같은 죽음을 경험하면 충격이 너무 크다. 죽음을 의사 체험하는 경험이 정신에 큰 타격을 주리란 건 불 보듯 뻔했다. 태아에게 좋은 영향을 줄 리도 없어서 아마노는 그 점을 배려하여 평면 모니터로 볼 것을 권했다.

영상을 보기 전에 레이코는 '루프'라는 프로젝트에 대해 전문 연구자인 아마노 도루 박사에게서 어느 정도 교육을 받았다. 나름 이해했다고 생각했지만 역시 믿기 어렵다는 생각도 아직 남아 있다. 모니터 화면에 등장하는 사람들은 다른 캐릭터를 연기하고 있는 것이 아닌, 자기 자신의 인생을 살고 있는 거라는 이야기를 계속 듣지 않았다면 머리가 이상해졌을 듯하다. 이것이 연기가 아니라니……

하지만 그렇게 생각해도 방금 본 영상은 역시 드라마 같았다.

왜일까, 레이코는 생각했다. 만약 다른 사람의 일상을 녹화해서 비디오 영상으로 봤더라도 연극처럼 느꼈을까? 경우에 따라 남의 생활을 엿보는 느낌이 들지 않을까? 혹은 평범한 일상이 아닌 특이한 사건을 마주했을 때의 영상이라면 영화나 연극처럼 보게 되는 걸까? 물론 영상은 무척 특이했다. 빌딩 옥상 배기구에 떨어진 여성이 아기를 낳았다거나, 아기가 탯줄을 물어뜯고 혼자서 끈을 타고 올라갔다. 현실에서는 결코 일어날 수 없는 이상한 장면이었다. 게다가 겨우 일주일 만에 성인 여성으로 성장한 여성의 무릎에 안겨서 죽어 가는 남자의 이야기가 뒤에 덧붙여졌다. 여자가 전에 사귀었던 남자 친구였다. 남자의 심정을 이해한 나머지, 레이코는 이야기에 감정 이입하여 연극처럼 보게 된 건지도 모르겠다.

아마노는 일단 모니터를 끄고 영상의 의미가 레이코의 머릿속에 스며들기를 기다리다가 부드럽게 물었다.

"어떠십니까?"

레이코는 아까 스스로 속삭였던 말을 다시 한 번 꺼냈다.

"뭐랄까, 역시, 연극을 보고 있는 것 같아요."

아마노가 웃으며 끄덕였다.

"저도 그랬습니다. 처음 루프의 영상을 봤을 때는 연극처럼 느껴졌지요."

아마노의 말투는 상냥했다. 연구자로서의 경력을 듣고 생각하면 나이가 줄잡아 40대 후반일 텐데, 겉으로는 훨씬 젊어 보였다. 은테 안경을 쓴 하얀 얼굴에는 악의가 전혀 없어 보여서 무심코 레이코도 안심하고 말았다.

3일 전 전화로 목소리를 들었을 때부터 아마노의 말투에는 사람을 차분하게 만드는 힘이 있었다. 그렇지 않으면 아무리 오라고 해도 이런 곳에 올 리가 없었다.

일면식도 없는 아마노에게 전화를 받았을 때, 레이코는 심각하게 우울한 상태였다. 살아갈 의지가 없다고 하는 편이 맞았다. 배 속에 서서히 커 가는 태아와 똑같이 커 가기만 하는 불안으로 인해 삶에 대한 집착은 작아지기만 했다.

아이를 낳을지 말지의 선택지 중에 어떤 것을 선택할 기력조차 남아 있지 않아 타성에 떠밀려 세월만 보내고 있었다. 자살이라는 명확한 해결 방법조차 멀리 쫓아 버리고 전이성 인간 암 바이러스에 갉아 먹혀 갈 거라며 자신의 몸을 남의 것인 양 바라보며 살고 있었다. 곧 확실하게 닥쳐올 죽음에 대해 저항할 방법도 없이…….

단 한 가지 희망을 주는 것은 배 속에 있는 아이의 아버지인 후타미 가오루의 존재이련만, 2개월 전 그는 미국의 사막으로 여행을 나섰다. 전 세계에 만연하여 인류를 멸망의 위험으로 몰아

넣고 있는 전이성 인간 암 바이러스를 박멸할 단서를 찾는 여행이었다. 하지만 한 달 전에 가능성이 보인다는 의미의 말을 전화로 남긴 이후 그의 소식은 끊겨 버렸다. 오토바이로 황야를 방랑하던 사람이라 이쪽에서 연락을 취할 수단이 없었다. 마냥 기다릴 뿐인 한 달은 너무나 길었다.

가오루가 여행을 나설 적에 확실히 약속을 한 것이 있다. 그의 말투까지 기억했다.

'두 달 뒤에 만나요. 그때까진 무슨 일이 있더라도, 꼭 살아 줘요.'

약속한 두 달이 지났다. 임신 3개월째였던 태아는 지금 다섯 달로 자라고 있다. 하지만 그에게서 아무런 연락도 없다. 이런 상황에서 아이를 낳으라니, 살아가라니, 희망 따위 생길 수가 없다.

올해 서른넷이 되는 레이코에게는 이번이 아이를 낳을 마지막 기회인지도 모른다. 스물둘에 낳았던 아들을 자살이라는 최악의 방법으로 잃는 동시에 품게 된 생명이었다. 생과 사의 타이밍으로 보아 그 아이가 다시 되살아난 것만 같다. 소중히 여겨야만 하는 것은 확실했다. 하지만 이미 전이성 인간 암 바이러스의 보균자이기 때문에 태어날 아이도 감염되어 있다는 것은 확실했다. 일부러 고난의 인생을 걸어갈 의미가 아무 데도 없지 않은가, 하는 생각이 들어 견딜 수가 없었다. 살아갈 의미를 찾아오는 것이 이 아이의 아버지인 가오루의 역할이었다.

3일 전, 생명과학 연구소의 아마노에게서 전화가 와서 후타미 가오루에 대해 이야기하고 싶은 것이 있다는 말을 들었을 때는 반신반의했다. 연구소까지 와 주십사 하는 이야길 들어도 전혀 움직일 마음이 들지 않았다. 그리고 이 이상 나쁜 소식을 듣고 싶지 않다는 방어 본능의 작용이기도 했다. 아마노의 말투는 부드러웠다. 하지만 그 부드러움의 이면에 나쁜 소식을 듣고 온 사람 특유의 동정이나 배려가 있는지도 몰라 레이코는 몸을 사릴 뿐이었다. 혹시라도 가오루에 대해 안 좋은 소식을 듣게 되는 것이 아닐까.

그런 의문에 대해 아마노는 부정도 긍정도 하지 않았다. 전화로 이야기해도 이해할 수 있는 내용이 아니니 부디 연구소까지 와 주길 바란다며 아마노가 열심히 설득을 거듭한 결과, 레이코는 고집을 꺾고 이 연구소에 오게 되었다.

연구소의 응접실을 지난 레이코는 '루프'라는 거대한 프로젝트에 대해 간단히 설명을 들었다.

이전에 가오루도 같은 곳에서 아마노에게 강의를 받았다는 말을 들었다. 덕분에 연구소 분위기가 어쩐지 친근하게 느껴졌다.

루프란, 100만 대 이상의 초병렬 슈퍼컴퓨터를 써서 다른 하나의 세계를 만드는 국제적인 프로젝트 명칭이다. '세계'라고는 해도 실제로는 어디에도 존재하고 있지 않다. 스크린에 나타나는 영상이 공간을 필요로 하지 않는 것과 동일하다. 그 사이버스페이스에 생명이 자연적으로 발생하지는 않았지만 현실 세계에 있는 생명의 기본인 RNA를 심었더니 생명군이 독자적으로 진화했다. 그렇게 발생원이 동일하다는 이유로 거의 현실과 비슷한 생명계가 탄생하게 되었다고 한다.

아마노는 루프 프로젝트의 전체 내용을 알아듣기 쉽게 설명했다. 학회에서 연구 발표를 하는 것이 아니라서 개요만 알면 상관이 없으니 레이코도 알 수 있도록 전문 용어를 배제하고 설명을 끝냈다. 말로만 설명하는 것보다 실제로 영상을 보는 편이 빠르다며 아마노가 가져온 루프계의 암화(癌化)와 연관된 두 사람의 영상을 레이코도 보게 되었다. 하나는 처녀의 몸으로 임신한 다카노 마이라는 젊은 여성이 빌딩 옥상의 배기구에 떨어져 직방체의 공간에서 아기를 낳는 장면이었다. 태어난 아기는 처음부터 의지가 있는 것처럼 잇몸으로 탯줄을 잘라 내고 준비된 끈을 타고 바깥세상으로 나갔다.

임신 중인 레이코에게는 굉장히 불쾌한 영상이었다.

다음 영상은 24년 전으로 거슬러 올라갔고 장소도 꽤나 다른 곳이었다. 등장인물은 딱 한 명이 동일했다. 다카노 마이의 배에서 나온 아이……. 야마무라 사다코라고 했다.

극단을 무대로 한 청춘 드라마 느낌의, 이전 영상과 달리 스토리의 흐름이 있었다. 하지만 어딘가 비현실적인 부분은 기계를 통하지 않고 오픈 릴 테이프에 여성의 목소리가 녹음되기도 했고 그 테이프를 들은 사람이 다 심장 이상으로 죽음을 맞이한다는 설정이었다. 주된 등장인물이었던 남자도 엉뚱한 장소에서 녹음되어 온 여자의 목소리와 아기 울음소리를 듣고 돌연사를 일으켰지만, 그가 바라던 대로 24년에 사랑했던 야마무라 사다코의 무릎 위에서 최후를 맞이하는 것이 너무 드라마 같았다.

아마노가 단편적으로 잘라낸 두 영상을 레이코가 다 보자 멈춘 뒤 감상을 듣고 설명을 추가해 주었다.

"드라마처럼 보이지만 그렇지는 않습니다. 이 안에 있는 인물들은 현실에서 살다가 죽은 겁니다."

레이코는 스스로 비슷한 예를 찾아보려 했다. 전 세기 말부터 실로 정밀하게 만들어진 버추얼 리얼리티 게임이 등장했다. 그중 몇 가지는 어릴 때 실제로 체험해 본 적이 있다. 시간이 지나며 캐릭터의 세부적인 부분에서 모난 것이 사라지고 둥글어지더니 사람과 똑같이 진화되었다. 게임 속에 등장하는 캐릭터는 사람이 만들어 낸 존재여서 살아 있다고 표현하긴 어렵다. 하지만 가상공간 루프에 꿈틀대는 생명은 독자적으로 진화를 거듭하며 살아 있는 것이다.

"그러니까, 게임 캐릭터가 살아 있다고 생각하면 될까요?"

떠오른 것을 묻자 아마노가 끄덕였다.

"네, 그렇게 생각하셔도 됩니다. 루프의 생명은 각각 DNA를 갖고 살아 있습니다. 보신 대로 인간과 똑같은 용모로 암수도 나뉘어 있어 사랑도 하고 수정하기 위해 성행위도 합니다."

모니터에서 본 영상을 생각하면 아마노가 말하는 내용에 거짓은 없었다. 두 번째 영상에는 분명 사랑을 하고 성행위까지 한 남녀가 등장했다. 질투라는 감정을 가진 점을 생각해도 인간과 똑같다고 봐도 상관없을 것 같았다.

루프계는 지구와 완전히 공통된 공리와 논리로 돌아가고 있다고 들었지만, 레이코는 의심을 완전히 접을 수 없었다. 탄소와 질소, 헬륨 등 우주를 구성하는 111개의 원소의 성질을 그대로 복사한 패턴으로 가득하다는 말을 들어도 그것이 구체적으로 어떤 시스템으로 구성되는지는 모르겠다. 그저 나름의 방식으로 어느 정도 이해했다고 생각할 뿐이었다.

레이코에게 과학적인 의문은 관심 밖의 일이었다. 루프계의 생명이 루프라는 세상 속에서 살고 있다. 그걸로 충분하다. 알고 싶은 것은 배 속에 있는 아이의 아버지, 가오루에 대한 것이었다. 그런데 대체 왜 가오루의 지인인 아마노는 루프 같은 가상공간에 대한 설명을 장황하게 계속 하고 있는지…….

그러고 보니 레이코는 가오루에게 이런 말을 들은 적이 있다.

'현실 역시 일종의 가상공간일지도 몰라요.'

아니, 가오루는 현실도 가상공간이라고 단언한 것은 아니었다.

우주가 탄생하기 전에는 시간도 공간도 존재하지 않았다고 한다. 하지만 시간과 공간이 존재하지 않는 상태가 어떤 것인지 상상할 수 없다. 하지만 루프계와 현실계를 예로 들면 시간과 공간이 존재하지 않는 탄생 전의 단계를 간단하게 설명할 수 있다. 그래서 가상공간이라고 이해하는 편이 모순은 없다. 물론 현실이 가상공간이라고 해도 컴퓨터 시뮬레이션과는 완전히 다르고 아마 인간의 인식 능력이 미치지 않는 미지의 힘이 작용한 것이다. 그 점을 고려하면 현실을 가상공간이라고 이해하는 것에 대한 반론은 전혀 불가능해진다.

하지만 가오루는 그런 식으로 말했었다.

"그런데…….''

레이코가 화제를 바꾸려 했다.

"알고 있습니다."

아마노가 두 손으로 제지하더니 잠시만 참아 달라는 뜻을 표정으로 전했다. 그렇게 조금이라도 핵심에 가까워질 생각인지 화제를 전이성 인간 암 바이러스로 바꿨다.

"루프는 현재 전 세계에 맹위를 떨치고 있는 전이성 인간 암 바이러스와 관계가 없지 않습니다."

레이코가 몸을 굳히며 소리 질렀다.

"네?"

온 가족이 불행에 빠진 건 전부 전이성 인간 암 바이러스 탓이다. 이 바이러스는 세포를 암화시킨 뒤 암세포를 강력하게 침투시키고 전이시키는 악마와 같은 성질이 있다. 증오해 마지않는 상대였다. 남편이 2년 전에 암에 걸려 죽고, 아들 료지는 두 달 전에 병을 치료하기 위한 화학요법에 넌덜머리가 난 나머지 입원한 병원 창문에서 뛰어내려 자살해 버렸다. 그리고 아들의 과외 선생이었던 가오루를 사랑하게 되어 아이를 임신하고 말았지만, 레이코 자신도 전이성 인간 암 바이러스의 보균자라면 그녀와 관계를 가진 가오루도 바이러스 감염자의 운명을 피할 수가 없다. 또한 가오루의 아버지도 레이코의 아들이 입원했던 병원에서 치료를 받는 말기 암 환자였다. 가오루의 어머니도 보균자라고 들었다. 주위를 둘러보면 어느 곳에나 전이성 인간 암 바이러스 때문에 불행해진 사람들뿐이었다. 현재 일본과 미국을 중심으로 환자 수가 수백만 명에 달하는 상태였다. 혈액이나 림프액을 매개로 하는 감염 이외의 감염 경로도 발견되어 바이러스로 인한 피해가 다른 동물과 식물에까지 이르렀다. 지구 생명이 멸망할 위험이 코앞이라는 소문이 돌았다.

"사실 전이성 인간 암 바이러스의 발생원이 루프라는 사실이 밝혀졌습니다. 밝혀낸 사람은 가오루 씨였지요."

아마노의 입에서 가오루의 이름이 처음으로 나왔다. 그것만으로 레이코의 몸이 반응하여 몸속 혈관이 움찔하고 파도치는 느낌이 있었다.

'역시, 그가 해냈구나.'

바이러스의 발생원을 밝혀내고 그 후 치료에 어떻게 도움을 주었는지는 모르지만, 레이코는 단순히 가오루의 공을 기쁘게 여겼다.

"그럼 드디어 치료법을 발견하셨다는 말인가요?"

아마노는 레이코가 던진 질문에 답하지 않고 담담히 설명을 시작했다.

"지금 보신 두 가지 영상은 말하자면 발단에 해당합니다. 보고 이해하신 대로 야마무라 사다코라는 개체는 염사 능력으로 오픈 릴 테이프에 목소리를 녹음할 수 있었습니다. 이것은 루프계의 과학 법칙에 완전히 위배되는 일입니다. 몇 번이나 말씀드린 대로, 우리가 있는 현실계와 가상공간 루프계는 동일한 법칙으로 지배되고 있으니까요. 한번 죽었던 야마무라 사다코가 24년 후 다카노 마이의 배를 빌려 다시 살아났습니다. 이것도 상식적으로 있을 수 없는 현상입니다. 컴퓨터 바이러스의 장난이라는 이야기도 있지만 사실 원인 불명입니다. 그 원인이 판명된다고 해도 문제를 해결할 실마리가 되진 않습니다. 문제는 우발적으로 탄생한 바이러스에 어떻게 대처해야 하는가입니다."

레이코는 혼란스러웠다. 같은 논리라면 전이성 인간 암 바이러스의 발생원을 밝혀내도 문제 해결로 이어지지는 않는다는 뜻일까? 가오루의 발견이 헛된 것이라는 생각은 하고 싶지 않았다.

레이코가 그 의문을 제기하자 아마노가 진지하게 답했다.

"그것은 왜 우리가 존재하는가라는 물음과 같습니다. 이렇게 저도 당신도 이미 여기 사람으로 존재하고 있습니다. '왜 인간이 탄생했는가?'라고 묻는다면, 그 답은 사회를 보다 좋은 방향으로 나가도록 제어하는 것과는 다른 차원에 있겠지요. 인간이 어째서 우리 같은 형태를 갖고 다양한 욕망에 지배되는지 그 원인을 파악한다고 해도, 그것이 보다 잘 살 수 있는 방법을 발견하는 것으로 이어지지는 않습니다. 있는 것을 있는 그대로 잘 제어해 갈 수밖에 없어요.

하지만 오해하지는 마십시오. 가오루 씨의 발견은 진실로 의미 있는 일이었습니다. 그 덕분에 바이러스가 진화한 경과를 설명할 수 있게 되어서 그렇습니다.

괜찮으십니까? 처음 이야기로 돌아가겠습니다. 전조가 있었습니다. 루프계의 야마무라 사다코라는 특이한 캐릭터는 이윽고 보기만 하면 정확히 일주일 후 죽게 되는 비디오테이프를 만들어 내게 됩니다. 죽음을 피할 방법은 비디오테이프를 복사해서 아직 보지 않은 다른 사람에게 보여 주는 방법밖에 없습니다. 이것을 반복하면 비디오테이프는 기하급수적으로 불어나게 됩니다. 그 도중에 누군가의 장난으로 비디오테이프에 결함이 생기고, 돌연변이를 일으키며 진화하여 다양한 매체로 변모하였습니다. 그야말로 요원의 불길입니다. 바이러스와도 같은 폭발적인 감염력입니다. 루프계에서는 '링 바이러스'라고 불렸다고 합니다. 배란기에 이 바이러스에 감염된 여성은 생식 행위 없이 수정하여 야마무라 사다코라는 개체를 낳는 처지가 되었습니다.

아시겠죠? 처음에 보신 영상이 바로 그것, 링 바이러스에 감염된 다카노 마이가 야마무라 사다코를 출산하는 장면입니다."

루프라는 가상공간에 어떤 재앙이 일어나도, 남 일처럼 안심하고 있었다. 레이코는 반신반의하는 표정으로 아마노의 이야기를 듣고 아까 본 영상을 참고하여 일주일 뒤에 죽게 되는 비디오테이프가 만연하는 모습을 떠올렸다. 비디오테이프 때문에 발생한 링 바이러스가 여성의 자궁에 침입하여 독자적인 생명을 심어 가는 것이다. 현실에 그런 사태가 발생하면 사람들은 공황을 일으키고 아무렇게나 행동하게 되리라. 그 과정에서 루머가 루머를 부르고 퍼져 가는 속도는 더욱 빨라질 터였다.

"그래서 어떻게 되었나요?"

레이코가 결론을 물었다.

"가상공간 루프는 다양성을 잃고 야마무라 사다코라는 단일 유전자로 수렴되어 암화한 결과, 멸망하고 말았습니다. 생명계가 다양성을 잃으면 멸망할 수밖에 없습니다. 멸망과 동시에 루프 프로젝트는 예산 문제도 있어서 일단 동결되었습니다. 지금부터 20년 전의 일입니다."

암화와 멸망이라는 말이 레이코의 호기심을 자극했다. 암이라는 병명이 나오니 드디어 이야기가 현실로 돌아온 느낌이 들었다.

"왠지 현실을 반영하는 것 같아서 무섭네요."

레이코는 두 팔을 모아 손바닥으로 팔을 비볐다.

"그렇습니다. 현실과 가상공간은 서로를 반영하고 호응하고 있습니다."

"영향을 주고받는다는 말이에요?"

"그렇게 말할 수도 있군요."

"예를 들면 엄마와 태아의 관계같이?"

"그렇죠. 예를 잘 들어 주셨군요."

아마노가 진심으로 감탄했다.

레이코는 이 황당무계한 이야기를 어떻게든 자기 입장에서 이해하려고 노력한 것에 지나지 않았다. 그녀는 루프를 이를테면 자궁과 같은 것이라고 생각했다. 그 안에 또 하나의 세계가 있고 부모에 의해 탄생된 생명이 머무는 공간이기도 하다. 그렇게 어머니의 건강 상태가 태아에게 영향을 주는 것이고, 그 반대도 가능하다. 아니, 물리적인 육체의 상황뿐만이 아니다. 질량으로 환산할 수 없는 심적인 상태도 태아에게 미묘하게 영향을 준다. 느긋하고 잔잔하며 행복한 기분으로 지내면 태아는 편안하게 호흡하고, 화가 나거나 짜증이 나면 태아의 심장도 빠르게 뛴다. 한쪽의 병이 다른 한쪽에게 심각하게 영향을 줄 수밖에 없다는 것은 확실하다.

레이코는 자기 나름의 방법으로 이해하여 물었다.

"루프의 멸망이 현실계에 영향을 주었다는 말인가요?"

"그렇습니다. 눈에 보이지 않는 영향력입니다. 그것과는 별개로 확실하게 그 이유가 밝혀진 힘도 있습니다. 아무래도 루프계에 발생된 링 바이러스가 현실계에 침입하여 독자적인 진화를 거쳐 전이성 인간 암 바이러스의 원형이 된 듯합니다."

가상공간의 바이러스가 현실 세계에서 통용되는 문제는 일단 설명을 접어 두고, 아마노는 어떻게 링 바이러스가 이쪽 세계로 전해졌는지 설명을 시작했다. 그 내용은 레이코를 경악의 구렁텅이에 빠뜨렸다.

"루프계에서 링 바이러스에 감염된 사람 중에 다카야마 류지라는 개체가 있었습니다. 그는 가상공간에서 현실계로 이동을 한 유일한 개체입니다.

루프 프로젝트의 창시자인 크리스 엘리엇 박사는 루프계에서 죽은 다카야마 류지의 유전정보를 재합성하는 방식으로 그를 현실계에 되살리려 했습니다. 모든 분자정보를 해석하고 성체로 재생하는 것은 불가능하여, 다카야마의 유전정보를 수정란에 넣어 아기로 태어나게 하는 방법밖에 없었습니다. 하지만 운 나쁘게도 다카야마 류지는 링 바이러스의 보균자였습니다. 지금은 DNA 해석이나 재구성 도중에 사고가 발생하여 대장균이 유출되었다고 의심하고 있습니다. 링 바이러스가 전이성 인간 암 바이러스가 변이한 것이 아닌가 하는 가설은 충분히 신빙성이 있습니다. 두 바이러스를 비교했더니 DNA 염기배열이 매우 흡사했습니다."

아마노는 거기서 말을 멈추더니 의미심장한 시선으로 레이코를 바라보았다. 그 변화를 눈치채고 레이코는 문득 정신을 차렸다.

"다카야마 류지가 현실 세계에 되살아난 건 지금부터 20년 전의 일입니다."

아마노가 20년이라는 세월을 강조한 데 무슨 의미가 있는 것일까? 레이코는 막연하게 생각했다. 그러고 보니 가오루의 나이와 같았다.

"역시 일단 이것을 보시는 편이 빠르겠죠."

아마노가 모니터에 튼 것은 세 번째 영상이었다.

"놀라지 마십시오. 아니, 죄송합니다. 어떤 식으로 이야기해도 임신 중인 당신을 놀라게 하리라는 것은 알고 있습니다. 도대체, 뭐라고 해야 할지……."

아마노는 자신이 난처한 역할을 맡게 되어 속상한 것처럼 보였다. 그렇게 순간 풀려 버린 표정을 짓더니 그가 이어서 말했다.

"잘 들으십시오. 이 사람이 루프계의 다카야마 류지입니다."

아마노가 키보드로 설정하자 다카야마 류지의 모습이 확대되었다.

대학 연구실에서 논리학 연구를 하는 다카야마의 뒷모습이 나오고 이윽고 시점이 정면으로 회전되었다. 책상에 있던 다카야마가 고개를 들고 천장을 본다. 그리고 그 얼굴이 클로즈업되었다.

"……가오루 씨."

그것을 보고 레이코는 다카야마라는 이름이 아닌 다른 이름을 불렀다. 아마노가 예상한 놀라움은 레이코의 얼굴에 떠오르지 않았다. 레이코는 그저 사랑하는 사람의 얼굴을 모니터에서 발견하고 평소 습관대로 이름을 부른 것에 지나지 않았다. 다카야마 류지와 후타미 가오루가 동일인물이라는 의미가 그 즉시 이해되지는 않았기 때문이다.

2

'가오루라는 사람의 DNA가 어디서 발생했는지는 상관하지 않아……'

발생이 어딘들 레이코는 마음에 둘 생각은 조금도 없었다. 원래 생명은 무에서 발생하는 것이다. 지금 배 속에 있는 이 아이도 본래는 난자와 정자가 만들어지고, 수정되기 이전에는 아무 데도 없었던 존재다.

레이코에게 의미가 있는 것은 행위라는 생각이 들었다. 아들 료지가 화학요법을 받기 위해 검사를 받으러 간 틈을 타 러브호텔 대신 병원 개인실에서 가오루와 정사에 빠져든 것은 사랑이 뒷받침된 순수한 행동이었다. 감정을 빼고 육체의 본능만으로 움직인 것이 결단코 아니었다. 사랑하고 있다는 감정에 따라 행위가 이어졌고, 그 결과로 탄생한 것이 태내의 새로운 생명이었다.

'그건 그렇지만.'

이해할 수 없는 것은 아니었다. 루프의 생명이 DNA를 갖고 있는 이상, 현대 과학으로 그 재합성이 가능하다는 것쯤, 머리로는 알았다. 그럼에도 불구하고 갑자기 가오루라는 남자의 몸이 사이보그였다는 말을 들은 듯한 느낌이었다.

오후의 찬란한 햇살이 비쳐 들어오는 병원에서 커튼도 치지 않고 가오루와 몇 번이나 성행위를 했다. 밝은 공간에서 서로의 기관을 관찰하며 애액을 핥아 혈관의 맥동을 점막으로 느끼면서 정액까지 입에 머금었다. 쌉쌀한 그 맛이나 혀의 감촉을, 레이코는 또렷하게 기억하고 있다. 육체가 분비하는 확실한 생명의 맛이 났다.

레이코는 난자에 정자 한 마리가 도달하여 수정에 이르기까지의 메커니즘을 정확히 파악하고 있는 것은 아니었다. 메커니즘을 완전히 이해한다 해도 기억 밑바닥에서 떠오르는 것은 행위와 그 근원이 되는 감정이 자연스럽게 발로한 추억이었다. 생각해 보면 사람의 염원에 의해 새로운 생명이 탄생된 것이다.

'사랑해.'

가오루의 출생을 안 지금도 그 마음은 변하지 않았다.

레이코가 머릿속으로 가오루에 대한 애정을 재확인하고 있다는 사실을 전혀 알 수 없는 아마노는 과학자로서의 습관에 따라 메커니즘의 정확한 이해가 이루어졌는지 아닌지에만 관심을 가졌다.

"가오루 씨가 부모님이 나눈 관계의 결과로 이 세상에 탄생한 것이 아니라는 사실은 잘 알겠어요."

그래서 레이코의 입에서 이 말을 들었을 때 아마노는 조금 안심했다. 이해를 하지 못하면 시시한 질문 공세를 받게 될 수도 있고, 그러면 시간을 헛되이 보낼 우려가 있기 때문이다.

"이해하셨군요."

레이코가 알고 싶은 것은 존재의 시작에 대한 '어떻게?'가 아니라, 현재 어떻게 되었는지, 요컨대 지금 가오루는 어디서 무얼 하고 있는지에 대한 것이다.

"그런데 지금 가오루 씨는 어디 있나요?"

아마노가 작게 한숨을 쉬더니 고개를 저었다. 손목시계로 시간을 확인하고 뭔가 생각하는 듯하더니 천천히 일어나서 인터폰으로 커피를 두 잔 주문했다. 레이코는 거드름을 피우는 아마노의 모습을 보고 문득 기분 나쁜 예감이 들었다.

이윽고 젊은 여성이 커피를 가지고 나타나자 아마노는 부러 컵으로 입을 가져가며 눈을 피하며 말했다.

"뭐, 괜찮으시면 커피 좀 드시죠."

그렇게 더듬더듬 시작한 이야기는 가오루의 소식이 아니었다. 뉴캡(뉴트리노 스캐닝 캡처 시스템)이라는 전문 과학 장비에 대한 해설이었다.

그것은 뉴트리노 진동에 의한 위상차를 이용해 생물의 상세한

3차원 구조로부터 단백질의 상태, 전류의 상태에 이르기까지 디지털로 데이터화할 수 있는 시스템이다. 요컨대 뉴트리노의 철저한 조사를 통해 뇌의 활동 상태로부터 마음의 상태, 기억을 포함한 생체가 가진 모든 정보가 데이터로 기록되는 것이다.

레이코는 아마노의 해설을 적당히 흘려들었지만 뉴캡이라고 하는 장치가 북미 대륙의 뉴멕시코, 애리조나, 유타, 콜로라도 4개 주에 걸친 포코너스라는 지역의 지하 깊숙이 설치되어 있다는 것을 듣고 깜짝 놀라 고개를 들었다. 전이성 인간 암 바이러스를 박멸하기 위한 힌트를 찾기 위해 가오루가 향한 장소가 정확히 그곳이었다.

"가오루 씨가 거기에 있군요!"

애원하는 듯한 질문이었다.

그에 반해 아마노는 곤란한 표정으로 바라볼 뿐이었다. 부정, 긍정, 어느 쪽도 아닌 지독하게 당황한 것처럼 보였다. 레이코는 말없이 아마노의 얼굴을 바라보며 어떤 말이 튀어나와도 냉정하게 받아들이자고 스스로 다짐했다.

"가오루 씨의 세포는 텔로미어 영역의 DNA 배열이 TTAGGG가 아니라서, 전이성 인간 암 바이러스가 말단 텔로멜라제를 발현시켜 DNA 말단에 TTAGGG를 추가해도 불안정해져 바로 분해된다는 것이 판명되었습니다. 즉, 전이성 인간 암 바이러스에 대해 완전한 저항성을 가진 사람이었습니다."

"즉, 가오루 씨는 절대적으로 전이성 인간 암 바이러스에 걸리지 않는다는 뜻인가요?"

"그렇습니다. 그의 세포가 이 바이러스 때문에 발암하는 일은 없습니다."

"다행이다……."

좋은 소식인데 레이코의 심장은 아직도 빠르게 뛰고 있었다. 오히려 뉴캡의 존재가 공상 속에서 청백색의 요사스러운 빛을 발하기 시작했다.

"정말 유감이지만…… 그러니까, 그것은 전 세계가 바라는 일이었습니다. 전이성 인간 암 바이러스를 박멸하는 단서가, 가오루 씨 자신의 육체에 있다는 것이 발견되어서."

레이코는 이전에 들었던 가오루의 이야기가 떠올랐다. 전이성 인간 암 바이러스의 발생이나 그 치료 방법을 발견하는 데 자기 자신이 깊이 관여되어 있다는 단서를, 가오루는 직감적으로 알고 있었던 것이 틀림없었다. 가오루는 그 탄생부터 숙명을 지고 어떠한 사명을 맡았던 것이다.

"가오루 씨가 치료에 도움을 준 것이군요."

"당연합니다. 도움을 준 정도가 아닙니다. 그의 전 생체정보가 분석되어 획기적인 치료법이 이미 완성되었습니다. 모두 가오루 씨의 덕분입니다."

'전 생체정보.'

그 말이 레이코의 마음에 걸렸다. 이야기 전개로 미루어 보면 가오루가 뉴캡이라는 장치에 들어갔다는 내용으로 이어진다. 신경 쓰이는 점은 아마노의 이야기가 진행되는 방식이었다. 전 생체정보를 제공하게 되면 가오루의 육체는 어떻게 되는지에 대해서 아마노는 아무 언급이 없었다. 아까부터 아무래도 모호하다는 느낌이 드는 이유는 그 부분이 애매해서였다.

"가오루 씨가 뉴캡에 들어갔군요."

"그렇습니다."

아마노가 솔직하게 끄덕였다.

"뉴캡에 들어가면 인간의 몸은 어떻게 되는 건가요?"

"직경 200미터에 달하는 돔의 중심에서 불순물이 제거된 가오루 씨의 몸은 순수(純水)로 찬 수조에 떠 있게 됩니다. 그렇게 구형 표면의 모든 방향에서 뉴트리노가 조사(照射)되고 몸을 통과해 반대쪽 벽에 도달할 때 자세한 분자정보가 저장됩니다."

메커니즘에 대한 설명은 이제 아무래도 좋았다. 초조한 나머지 레이코의 목소리가 노기를 띠기 시작했다.

"그러니까, 가오루 씨의 몸은 어떻게 되나요?"

"완벽한 정보를 얻기 위해서는 세포를 파괴할 정도의 꼼꼼한 조사가 필요하고, 그 결과……."

레이코가 히스테릭하게 머리를 흔들고 상반신을 내밀었다.

"아아, 그러니까!"

레이코의 목소리는 비명이나 다름없었다. 덩달아 아마노도 본인에게 책임의 소재가 없다는 것을 보이기 위해 목소리에 갈 곳 없는 분노를 담았다.

"잘 들으세요. 그 결과, 육체는 액체 상태로 녹아서 소멸해 버립니다."

"액체로, 녹아서, 소멸해?"

레이코가 망연히 같은 말을 반복했다. 몸이 그렇게 되는 과정을 떠올리려 해도 잘 되지 않았다. 생명이 어떻게 되어 버린 건지 결과를 알고 말았지만 차마 말을 꺼낼 수 없다.

말하려다 말고 그저 입만 뻐끔거릴 뿐이라 호흡 곤란에 빠진 것처럼 보이는 레이코가 가엾었지만 아마노는 확실하게 말해 주었다.

"가오루 씨는 이제 이 세상에서 사라졌습니다."

레이코와 아마노는 충분한 시간 동안 서로를 바라보았다. 아마노는 커다랗고 처진 눈으로 바라보는 레이코의 시선을 피할 수도 없어 감정의 폭발을 정면으로 받아 내야 했다.

레이코가 먼저 고개를 돌렸다. 두 눈에서 눈물이 차오른 탓에 커피 잔에 머리카락이 들어가는 것도 상관하지 않고 테이블에 얼굴을 파묻고 꽉 잠긴 목소리로 말했다.

"왜 이렇게 되는 건데……."

달리 뭐라고 말해야 할까? 2년 전에는 전이성 인간 암 바이러스에 남편을 잃고 두 달 전에는 같은 병으로 고생하던 아들이 자살하고, 그리고 한 달 전에 배 속 아이의 아버지인 연인이, 어떻게 형용해야 할지 모를 방법으로 이 세상을 떠났다. 거듭되는 불행에 살아갈 기력은 스러져 갔다.

'이제 더 이상 견딜 수가 없어.'

연구소를 방문하기 이전에도 비관이 심했지만, 아마노 때문에 가오루의 죽음을 알고 느낀 삶에 대한 무력감은 확실히 자살 소원으로 바뀌었다. 이 슬픔의 뿌리를 잘라 버리기 위해서는 감정의 근원인 육체를 없애버릴 수밖에 없다.

설령 가오루의 전 생체정보에 의해 자신의 병이 치료된다고 해도 더 이상 감내할 수 없었다. 암을 극복해 앞으로 몇십 년을 살아간다고 해도 슬픔은 영원히 들러붙어 있을 것이다. 그런 인생을 생각하면 지긋지긋했다. 지금 레이코는 확실히 단언할 수 있다.

'나는 이 이상 인생이 계속되는 것을 바라지 않아.'

레이코는 의자에서 일어서려 했다. 그 바람에 테이블에 놓인 커피 잔이 넘어져 무릎을 적셨지만 신경 쓰는 기색도 없이 거세게 몸을 날려 문으로 갔다.

"어디로 가십니까?"

아마노가 황급히 쫓아와 레이코의 손목을 잡았다.

"이제 됐어요."

"됐기는요. 이야기가 아직 남았어요."

"아뇨. 이제 이해했어요."

"아니, 당신은 아무것도 이해하지 못했습니다."

레이코는 아마노의 충고도 무시하고 문손잡이를 잡으려 했다. 그런데 아마노가 그 손을 강하게 누르자 레이코는 너무 아파서 어울리지 않게 큰 소리를 질렀다.

"이제 놔 주세요!"

하지만 물러날 수 없다. 가오루에게 사명이 있었던 것처럼, 아마노에게도 사명이 있다. 엘리엇 박사와의 약속, 아니, 그보다 후타미 가오루와 한 약속을 지켜야만 했다.

"진정하고 들어 주세요. 이건 가오루 씨와 한 약속입니다."

레이코가 움직임을 멈추었다. 저항하지 않고 아마노의 다음 말을 그대로 기다렸다. 역시 '가오루와 한 약속'이라는 말이 신경 쓰였다.

"약속……."

"그렇습니다. 당신과 가오루 씨를 대면시키는 것이 제 역할입니다. 인류를 구원하기 위한 여행을 떠나기 전에 가오루 씨가 저랑 엘리엇 박사와 확실히 약속한 것이 있습니다. 그의 위대한 행위에 보답으로 저는 그의 지시에 따를 의무가 있습니다. 그래. 어느 순간을 세팅하여 당신은 가오루 씨와 대면해야 합니다."

"대면…… 만날 수 있나요? 가오루 씨와."

"네! 물론입니다. 그는 지금도 저쪽 세상에서 살아 있습니다."

커피에 젖은 머리카락을 휘두르며 레이코는 엉거주춤한 자세로 돌아봤다. 얼굴에 표정은 없지만 약간 창백했다.

"부디, 다시 앉으십시오."

아마노가 소파를 가리키며 레이코에게 권했다.

충동적인 행동을 멈추고 원래대로 돌아올 때까지 시간이 걸리는 법이다. 레이코는 얼굴이나 머리카락을 정돈하며 천천히 시간을 들여 아마노의 지시에 따라 다시 소파에 깊숙이 앉았다.

아마노는 아까부터 몇 번이나 손목시계를 보고 있었다. 레이코는 그 모습이 마음에 걸렸다.

"시간이 없으신가요?"

"아, 아니요. 이제 10분 뒤가 약속 시간이어서요."

"약속…… 누구랑요?"

"가오루 씨입니다."

레이코는 혼란스러웠다. 한 달 전에 죽은 가오루와 약속을 했다고 해도 그것이 대체 무슨 소용이 있을까.

아마노는 레이코의 오해를 풀기 위해 온화하게 이야기했다.

"먼저 오해 마시기 바랍니다. 가오루 씨는 순전히 본인 스스로의 의지로 뉴캡에 들어갔습니다."

"들어가면 죽는다는 것을 알고서도 말이에요?"

"그렇습니다. 뉴캡은 그 순간의 감정까지 그대로 디지털화하게 됩니다. 억지로 장치에 끌려들어 가서 뉴트리노 광선을 쐬어 봤자 일이 풀리진 않습니다. 공포심이나 혐오감, 현실을 부정하는 감정의 지배를 받고 있다면 육체가 경직되어 자연스러운 육체정보를 얻을 수 없을 가능성이 있습니다. 그래서 이것만큼은 꼭 알아주셨으면 좋겠습니다. 가오루 씨는 스스로 뉴캡에 들어갔습니다. 더 정확한 생체정보를 얻을 수 있도록 마음 편하게, 평상심을 유지하고 죽음을 감내했습니다. 그것은 자신을 희생하여 인류를 구원하려는 숭고한 동기에 기인한 행동이었습니다. 더 정확하게 말하겠습니다. 가오루가 정말로 구하려 한 사람은 당신이고, 곧 태어날 아기이며, 그의 부모님이었습니다."

아마노의 말은 묵직했다. 가오루의 죽음을 불사한 행동이 자신과 이 배 속에 있는 아이의 생명을 구하기 위해서라는 의지를 알게 되어 더욱 생명이 귀하게 느껴졌다. 자신의 가치가 더욱 소중해지는 것이다.

아마노는 이어서 말했다.

"가오루 씨의 죽음에는 두 가지 의미가 있습니다. 하나는 아까 몇 차례 이야기한 것처럼, 그의 생체정보를 이용해 우리 세계에서 전이성 인간 암 바이러스를 물리치는 것입니다. 다른 하나는 후타미 가오루라는 인간의 분자정보를 전부 디지털화하여 그를 가상공간 루프계로 재생시키는 것입니다.

루프계의 암화와 현실계의 암화는 모체와 태아 관계의 예처럼 미묘하게 영향을 주고받고 있습니다. 둘 다 생명계 특유의 다양성을 회복해야만 진정한 해결을 이룰 수 있습니다. 가오루 씨가 귀중한 생체정보를 남기고, 현실계에서 죽음을 맞이한 이상, 그 정보를 제대로 활용해야만 합니다. 가오루 씨는 루프에서 살아가게 되었습니다. 그렇게 루프계에서 정상적인 다양성을 되찾도록 담당하게 되었습니다. 말하자면 '신'의 임무를 짊어지기 위해 죽음과 동시에 루프계로 출발한 겁니다. 그렇게 도착과 동시에 20년간 동결되었던 루프 프로젝트는 재개되었습니다. 루프계는 멸망 일보 직전에서 다시 시작할 수 있게 되었죠."

"현실의 이쪽 세계에서 가오루 씨를 되살릴 수는 없나요?"

"가오루 씨와 완전히 동일한 인물을 그대로의 형태로 되살리는 것은 불가능합니다. 이전 세기에 개발된 클론 기술을 쓰면 가오루 씨와 동일한 DNA를 가진 생명을 새로 탄생시킬 수는 있습니다. 설명할 필요도 없겠지만 같은 유전자로 가지고 있더라도 그 사람은 더 이상 가오루 씨와는 다른 인생을 사는 다른 사람입니다. 하지만 루프계에 재생한 가오루 씨는 우리와 같은 육체를 가지고 있지 않더라도 사고 경로나 감정에 이르기까지 가오루 씨와 완전히 동일하며 결과적으로 같은 기억을 가지고 있습니다."

"그렇다면 나도 기억하고 있나요?"

"당연하죠."

레이코는 그제야 가오루가 다른 세상에 살아 있다는 의미를 실감했다. 하지만 그렇다고 해서 죽었다는 사실은 변하지 않았다. 가상공간에서는 서로의 육체를 즐길 수도 없고 커뮤니케이션을 나눌 수도 없었다. 아까 영상처럼 드라마 속의 등장인물로 상대를 확인할 뿐이다. 사랑하는 상대가 바로 저기 있는데 만질 수가 없다는 상황은 훨씬 괴롭지 않은가.

"루프의 생명에게 저희 모습이 보일까요?"

레이코의 질문은 지당했다. 루프계를 이쪽에서 관찰할 수 있다는 것은 앞서 두 가지 영상을 보며 실제로 경험했다. 하지만 거꾸로도 가능한지 여부는 다른 이야기라는 것을 전문가가 아니라도 추측할 수 있었다.

"그건 무리입니다. 우리가 신의 세계를 들여다볼 수 없는 것과 같습니다."

레이코의 머릿속에 떠오른 것은 인간과 신의 비유가 아니었다.

며칠 전, 레이코는 등록된 산부인과에 가서 태아의 상태를 봤다. 침대에 누워 블라우스를 들어 올려 배를 보였고 산부인과 의사가 초음파 기기를 피부에 대 모니터에 떠오른 영상을 보며 태아의 성장 상황을 설명해 주었다. 자궁 속의 모습은 초음파를 쓰면 간단하게 보인다. 자궁을 그대로 루프계라고 예를 들면 알기 쉬우리라. 엄마는 자궁에 있는 태아의 모습을 볼 수 있지만 태아는 결코 엄마의 전체 모습을 확인할 수 없다. 이 경우 상대를 확인하는 방법은 늘 일방통행이다.

현실 세계는 루프계에서 관찰할 수 있는데 그 반대로는 불가능하다는 것을, 레이코는 순순히 받아들였다.

"알겠습니다. 가오루 씨와 만나게 해 주세요."

사실은 가오루의 모습을 일방적으로 보기만 할 뿐이겠지만 레이코는 일부러 같은 공간에서 살고 있는 것처럼 표현했다. 일시적이긴 해도 만난다는 생각을 품고 싶었다. 피부와 피부가 맞닿을 때의 감각을 다시 느끼고 싶어서…….

"알겠습니다. 이제 곧 장소를 이동하겠습니다. 가오루 씨는 아마 당신에게 전할 말이 있을 겁니다. 엘리엇 박사에게 줄곧 약속을 다짐했으니까요. 그래픽에 의한 재현 영상을 보는 것이 아니라 한순간만이라도 같은 시간과 장소를 공유해 달라고 했지요. 가오루 씨는 앞에 당신이 있다는 것을 실감하고 싶었다고 생각합니다."

차폐되어 있는 연구실에 들어가자 아마노는 컴퓨터에 시간과 장소를 입력하러 갔다. 연구실에 들어간 레이코는 지정된 의자에 앉으라는 지시를 받았고, 누군가 헤드마운트형 디스플레이와 데이터글러브를 사용할 것인지 물었다.

"사용하면 어떻게 되나요?"

"그건 말이죠. 더 입체적이고 생생한 영상을 체험할 수 있고, 데이터글러브를 쓰면 가오루 씨의 몸을 만지실 수도 있습니다."

망설일 필요가 없었다. 레이코는 헤드마운트형 디스플레이와 데이터글러브를 쓰기로 결심했다.

장착하고 그 시각이 오기를 기다렸다. 2분 전……. 레이코는 호흡을 정돈하고 커피가 묻은 머리카락을 손수건으로 닦으며 기다렸다. 그쪽에서는 이쪽이 보이지 않는다는 것은 알아도, 여자의 본능이었다.

가오루의 얼굴을 보기는 두 달 만이었다. 이 세상에서 일단 죽은 사람의 모습은 천국에 TV 카메라를 보내 촬영하는 것처럼 비치는 것이 아닐까. 레이코의 기대가 점점 높아졌다. 온화하고 편안한 표정을 보고 싶었다. 그러면 아무래도 안심이 되리라.

3

루프 시간으로 1991년 6월 27일 오후 2시 정각이 되려 했다. 위도 경도 숫자도 지정된 대로 딱 맞춰 두었다. 이제 레이코는 시청각을 통해 루프계의 입체 영상을 경험할 것이다.

시스템이 작동하자 갑자기 레이코는 다른 공간으로 이동된 것 같은 감각을 느꼈다. 주변이 희뿌옇게 변하고 안개 같은 입자가 무수하게 떠다녔다. 그 속을 몸이 통과하고 있었다. 구름 속을 떠다니는 것처럼 둥실둥실 몸이 가벼워진 것이 느껴졌다. 무섭지는 않았다. 반대로 육체가 속박을 벗어나 기분 좋은 느낌이었다.

시야를 가득 채운 것이 구름이라는 것을 깨닫기까지 시간은 별로 걸리지 않았다. 구름을 헤치고 그 틈을 비집고 나가자 바다에 튀어나와 곶을 이루고 있는 해안을 내려다보게 되었다. 내려다보는 각도가 점차 낮아졌다. 움푹 들어간 해안 모양이 손에 잡힐 듯 확인되었다. 급경사 끝자락이 그대로 바다로 이어지는 해안 지형은 자그마한 백사장이 있었고 소나무 숲도 면적이 적었다.

포장된 도로는 언덕 중턱을 따라 구불구불 이어졌고, 그 모양이 회색빛으로 비쳤다. 루프계의 태양을 바로 등지고 있는 듯, 레이코의 눈에 직접 햇빛이 들어오지는 않았다. 도로면에 사선으로 비치는 빛이나 파도의 반짝임을 통해 간접적으로 태양의 존재가 등 뒤에 있음을 느꼈다.

포장도로에서 이어져 바다로 향하는 숲길 도중에 한 사람의 그림자가 보였다. 처음에 레이코는 그 사람이 무엇을 찾아 이동하는지 알 수 없었다. 소나무 숲으로 감싸인 경사면을 왔다 갔다 하면서 시야가 탁 트인 장소를 찾고 있는 것일까. 아니면 구름 틈으로 비치는 햇살을 정면으로 받기 위해 움직이는 것으로도 보였다.

이윽고 그 사람은 탁 트인 풀밭에 앉더니 레이코의 '눈'이 있는 공간을 지긋이 올려다보았다.

멀리 들려오는 파도 소리…… 그리고 자신을 둘러싼 바람 소리…… 그 외에는 적막강산이다. 고도가 낮아지고 땅이 눈앞에 다가오는 모습이 신기한 거리감을 주었다. 착륙하고 있는 비행기보다는 훨씬 천천히 내려오고 있다. 레이코는 겪어 본 적 없지만 낙하산을 타고 내려오는 느낌이 아마 이렇지 않을까 싶다.

경사면에 무릎을 끌어안고 앉아 있는 사람은 이쪽 이름으로는 후타미 가오루이고, 루프계의 이름으로는 다카야마 류지라고 한다. 루프계의 시간 경과는 현실보다 여섯 배 빠르기 때문에 레이코가 보낸 한 달이 저쪽에서는 반년에 해당된다. 하지만 지금 이 순간이 소중한 이유는 가오루 역시 눈앞에 레이코가 있다는 것을 의식하고 있기 때문이다.

몇 미터 상공에서 내려다보니 이마에서 콧날, 의지가 굳세어 보이는 입가가 나타났다. 가오루 역시 하늘에 떠 있는 레이코의 얼굴을 찾은 듯이 싱긋 미소 지었다. 분명 그는 레이코가 보고 있다는 것을 알고 있다.

레이코는 잠시 같은 위치에 머무르며 가오루와의 추억이 머릿속으로 떠오르기를 기다렸다. 함께 지낸 시간과 장소가 너무 적었다. 사랑의 말을 나눈 장소는 거의 병원이었다. 거기서 아들이 자살했다는 사실을 생각하면 즐거운 추억과 고통스러운 추억이 하나로 맞닿아 있는 셈이었다.

그런데도 레이코는 많은 기억 속에서 순수하게 가오루와의 추억을 찾았다. 실제로 보고 있는 얼굴을 토대로 회상에 살을 붙여 갔다. 거기 가오루가 있었지만 레이코는 눈을 감았다.

전에 가오루와 함께했을 때의 장면이 머릿속에 펼쳐졌다. 병원 복도를 걷다 자신의 모습을 발견하고 깜짝 놀란 표정으로 기쁨을 감추려 하지 않는 가오루의 순수함이 그리웠다. 자신을 가볍게 안아들고 침대까지 갔을 때, 조심스럽게 맞닿아 있는 살결의 온기를 지금도 기억한다. 병원 최상층에서 도시를 내려다보며 만약 병을 극복하면 뭘 제일 먼저 하고 싶은지, 현실에서 불가능한 꿈으로 언제까지고 이야기를 나누었다.

'그 기억을 다시 되살리고 싶은 걸까? 또 한 번 겪어 보고 싶은 걸까?'

아니다. 그렇지 않다. 레이코는 가오루와 함께 앞으로 나아가고 싶었다. 하지만 그는 죽었다. 현실에서는 존재하지 않는다. 함께 걸어갈 상대는 없다.

하지만 눈을 뜨자 가오루가 더 가까이 다가와 있었다. 그는 입을 움직이고 있었다. 뭔가 말하고 있는 건 분명한데, 기계 상태가 좋지 않은지 내용이 들리지 않았다. 곁에서 지켜보는 아마노에게 그 점을 지적하자 실수가 있었는지 자동 번역 장치를 조정하여 말을 들을 수 있도록 설정을 바꿨다고 했다.

가오루는 바로 앞의 정면을 향해 의지력이 단단히 깃든 시선을 던졌다. 한 마디 한 마디 끊어지듯이 짧은 단어를 말했다. 잡음처럼 들렸던 그 말은 기계를 거쳐 레이코의 귀에 들려오기 시작했다. 번역 장치를 거치는 바람에 원래 가오루의 목소리와 미묘하게 달랐지만 말의 의미는 확실히 전달되었다.

'잘. 될. 거. 야.'

가오루는 그렇게 말하고 스스로 확신하듯이 크게 끄덕였다.

'잘될 거야.'

뭐가 잘된다는 말일까? 자신의 몸을 버리면서까지 지키려 한 세계의 미래를 어떻게 확신하고 있을까? 그 자신감이 어디서 났는지 알 수 없었다. 하지만 레이코는 이 연구소에 와서 몇 시간 동안 어지럽게 바뀐 인생관이, 하나의 결론으로 도달하고 있었다.

자기 희생에 의해 구하려고 한 레이코와 배 속의 아기 앞에 가오루가 '잘될 거야.'라고 세계를 긍정하는 한 의심할 생각은 전혀 없었다.

'살자.'

그 생각이 온몸을 지배했다. 이유나 논리를 뛰어넘어, 레이코는 사라지던 삶의 실감을 단번에 되찾았다.

미국 사막으로 여행을 떠나기 직전에도 그저 자살을 바라던 레이코는 가오루와 억지로 약속을 했다.

'두 달 뒤에 만나요. 그때까진 무슨 일이 있더라도, 꼭 살아 줘요.'

그것은 두 달 뒤에 해결책을 가지고 돌아온다는 약속이기도 했다. 가오루는 정말, 약속대로 답을 가지고 나타났다.

레이코는 데이터글러브를 낀 두 손을 움직여 가오루의 몸을 만지려 했다. 어깨 부근에 손을 얹자 견갑골 부근에 발달된 근육이 느껴졌다. 전하고 하나도 다른 것이 없었다.

가오루는 세우고 있던 무릎을 내려 책상다리를 하고 앉아 두 팔을 앞으로 내밀었다. 레이코의 손이 가오루의 손을 잡으려 했지만 상대방은 레이코의 바람대로 움직이지 않았다. 가오루가 레이코의 모습을 볼 수 없으니 당연했다. 머리로는 알고 있지만 레이코는 단념하지 않고 계속 시도했다.

마음을 전하고 싶다는 일념으로 상대가 움직일 때까지 레이코는 필사적으로 같은 행동을 반복했다. 가오루의 손에 자기 손을 얹고 깍지를 끼우려 했다. 그때마다 가오루는 공중을 향해 손을 흔들거나 머리를 긁는 등 의도와 다른 행동을 하고 있었으나, 결국 뭔가를 알아차린 듯이 생각에 잠겼다가 힘없이 늘어뜨린 두 손을 앞으로 뻗었다. 자신의 의지가 아닌 상대의 의지를 받아들이려는 행위였다.

레이코는 가오루의 두 손에 자신의 두 손을 겹치고 잠시 그대로 있었다. 서로의 의도를 더듬어 보길 원했고, 갑작스런 움직임으로 상대와의 연결이 끊어지지 않도록 배려하기 위해서였다. 신중하게 손을 움직이자 상대도 같은 동작으로 화답했다. 기척을 느낀 것이다. 가오루 역시 보이지는 않았지만 레이코의 손이 자신의 손바닥에 얹어진다는 직감을 느낀 것이다.

레이코는 가오루의 두 손을 조심조심 자신의 가슴에 대고 살며시 아래로 내렸다. 이어진 손과 손은 말하자면 현실계와 루프계를 잇는 탯줄 같았다. 레이코는 더욱 가오루의 손을 아래로 이끌었다. 배의 한 가운데로. 정확히 배꼽 부근에 손을 대고서 작은 심장 소리를 상대의 피부로 전달하려 했다.

"여기, 들어 봐."

가오루가 고개를 젓더니 다시 한 번 같은 말을 반복했다.

"잘될 거야."

그 목소리는 태아까지 듣고 있었는지도 모른다. 레이코의 자궁 안에서 태아가 지금까지 없었던 큰 움직임을 보이고 있었다.

4

병원 문을 지나자 레이코의 심경이 복잡해졌다. 아들 료지가 뛰어내려 자살한 병원이었다. 문을 지나면 훨씬 끔찍한 생각이 떠오를까 봐 걱정했으나 신기하게 가오루와의 만남이 먼저 머리에 떠올랐다.

레이코는 3층으로 올라가 넓은 로비를 지나 B동으로 바로 가는 엘리베이터로 갈아타려고 했다. 3층에는 중앙 정원이 있는 카페테라스가 있었다.

처음 가오루를 의식했던 곳이 이 카페테라스였다. 줄곧 바라보는 가오루의 시선을 느꼈을 때, 늘 남자들이 쳐다보는 데 익숙했던 레이코는 평소와 마찬가지로 찌를 듯 노려보는 것으로 응수했다. 그럼에도 상대는 흔들림 없이 오히려 진지한 눈빛으로 강하게 바라보았다. 더 이상 무시할 수 없게 되었다. 며칠 후 가오루와 이야기를 할 기회가 생겨 그 인품을 접했다. 나누는 이야기 군데군데 속 깊은 이성의 편린이 엿보였다. 이성으로서 서서히 끌렸다. 아들의 과외를 맡아 달라는 의뢰를 한 이유도, 가오루와의 접점을 조금이라도 늘리고 싶어서였다.

하지만 가오루와 서로 사랑하게 된 결과 아들 료지는 자살이라는 수단을 선택해 버렸다. 괴로운 검사에 끌려가 병실이 빈 동안 엄마와 가오루가 병실에서 몰래 정사를 나눈 사실에 실망한 것도 무리는 아니었다. '방해꾼은 사라져 주면 좋겠지?' 하고 삶의 희망을 잃은 것이다.

'내가 없어져 줄 테니 나중엔 여봐란 듯이 해.'

유서를 대신한 메모가 저주처럼 그들을 묶고 있었다.

료지의 자살 직후에는 어차피 전이성 인간 암 바이러스로 아이의 죽음은 피할 수 없는 운명이라고 스스로 체념하고 있었다. 가오루의 전 생체정보를 분석하여 암을 박멸할 단서가 발견된 지금, 레이코는 료지의 죽음이 안타까워 견딜 수가 없다. 참고 살아 있었다면 가오루의 희생으로 개발된 기술이 활용되어 병을 치료할 가능성이 높았을 텐데.

엘리베이터가 7층에서 멈췄다. 홀로 나온 레이코가 빙글 주변을 돌아보았다. 순간 방향 감각에 이상이 생겨 공간이 왜곡된 느낌이 들었다. 복도 중간에 비상문이 있고 그 문을 열면 어두운 비상계단이 위아래로 이어졌다. 레이코의 뇌세포는 그 이상의 것을 떠올리길 거부했다. 비상계단 층계참에 화재시 안에서나 밖에서도 열 수 있는 삼각형의 작은 창문이 있었다. 세 달 전 어느 해질 무렵, 료지가 그 창으로 뛰어 내려 콘크리트의 붉은 얼룩이 되었다.

가오루와 만나고 료지와 이별하고…… 둘 다 같은 장소에서 이루어졌기 때문에 병원 어디를 봐도 마음은 산산이 부서진다.

레이코는 마음이 정리되지 않은 채 메모를 보며 거기 쓰여 있는 번호를 확인하고 문을 노크했다.

"네. 들어와요."

오기를 기다린 것 같이 대답이 바로 나왔다. 이어서 병실 안에서 옷이 스치는 소리가 들렸다.

문을 열자 거기는 잠옷 앞섶이 벌어진 후타미 히데유키가 부자연스럽게 벽에 기대서 있다. 몸에서 스며 나온 분비물 때문에 병실 안에는 시큼한 냄새가 감돌았다. 레이코는 한 걸음 두 걸음 안으로 들어가 뒤로 손을 뻗어 문을 닫았다. 냄새의 주인이 가오루의 아버지라고 생각하니 자연히 냄새에 신경을 쓰지 않게 되었다.

"처음 뵙겠습니다. 스기우라 레이코입니다."

레이코가 자기 소개를 하자 히데유키가 벽에서 몸을 떼며 만면에 웃음을 머금고 간이의자를 권했다.

"잘 왔어요. 자, 앉아요."

히데유키는 레이코가 방문할 것을 이미 연락을 받아 알고 있었다. 아들 가오루와 레이코가 서로 사랑하는 사이이며, 현재 임신 중이라는 것을 가오루가 여행 직전에 고백해 다 알고 있었다.

레이코는 히데유키가 보이는 반가움이 자신과 자신의 배 속에 있는 아이를 향하고 있다는 것을 잘 알았다. 거짓 없는 정직한 감정이 첫 대면인 레이코에게 충분히 전해졌다.

레이코는 히데유키가 권하는 대로 의자에 앉았다. 그리고 무심코 히데유키의 생김새를 관찰했다. 말기암 증상을 어떻게 억제하고 있는지 겉모습뿐만 아니라 그 상태를 살피고자 하는 호기심과 더불어 가오루를 키워 주신 감사함도 느끼고 있었다.

가상공간의 유전자를 수정란에 넣고 어떤 여성의 자궁을 빌려 탄생한 가오루는 후타미 히데유키 부부의 곁에서 성장했다. 설령 같은 DNA로 연결되어 있지 않더라도 가오루는 후타미의 외동아들로 소중하게 자랐다. 그리고 지금 레이코의 배 속에 있는 생명은 틀림없이 가오루의 DNA를 이어받았다.

발생원이 인공 생명이기 때문에 이물질을 품고 있다는 생각을 할 법도 했다. 하지만 레이코는 위화감 없이 현실을 받아들일 수 있었다. 히데유키에서 가오루에게, 그리고 배 속의 아이에게 전해진 의지의 힘을 강하게 느끼면서. 한 달 전, 모니터 화면으로 가오루와 밀회를 나눈 후 그 사실을 확인했다.

가오루에게 메시지를 받은 레이코는 살고 싶다는 의지를 겨우 되찾았다. 가오루의 희생으로 얻은 정보가 치료에 도움을 주었고, 기적적인 회복을 보이는 히데유키를 만나게 되면 그 생각이 훨씬 강해지리라는 생각을 하게 되었다.

그래서 호기심과 감사의 마음을 담은 표정으로 히데유키를 바라보며 건강을 염려하는 것이었다.

"몸 상태가 좋아 보이시네요."

이전 얼굴색과 비교해서 말하는 것은 아니다. 폐로 전이된 것이 거의 확실해서 수술이 불가능한, 죽음을 기다릴 수밖에 없는 상황이라는 것을 가오루에게 들었다. 겉으로 보기엔 죽음과 삶 중에 삶 쪽으로 크게 기운 상태로 보였다.

"이상하게 요새 몸이 가벼워졌어요. 뭐, 내장을 잔뜩 떼어 냈으니 당연한 일이지만."

히데유키가 그렇게 말하며 웃었다.

둘은 그렇게 잠시 서로의 근황을 나눴다. 레이코는 가오루가 루프계에 재생하여 강력하게 메시지를 던졌을 때의 모습을 자세하게 묘사하여 히데유키를 기쁘게 했다. 히데유키는 과학자답게 가오루의 세포에서 추출한 텔로미어 영역의 DNA 배열을 전이성 인간 암 바이러스 환자의 세포에 도입해 획기적으로 치료 효과를 얻은 것에 대해 자신의 몸을 예로 들어 설명했다. 바이러스의 보균자인 레이코도 안심시키려는 노력이었다. 레이코는 히데유키가 바란 대로 안심했다. 이제 전이성 인간 암 바이러스 따위를 걱정할 필요는 없다고.

이윽고 히데유키의 흥미가 임신 중인 레이코의 상태로 옮겨졌다.

"어떤가요. 잘 지내요?"

이제 태아는 성장에 아무런 문제가 없었다. 레이코가 웃으며 배를 가볍게 두드려 보였다. 예정일이 언제인지 묻는 히데유키에게 겨우 세 달 남은 예정일을 솔직하게 말했다. 태아의 성별을 묻는 질문에는 다음과 같이 애매하게 답변했다.

"글쎄요?"

사실 태아의 성별은 이미 알고 있다. 지난달 산부인과에서 초음파 검사를 받는 중 모니터 화면에 비친 태아의 두 다리 사이에 귀여운 돌기가 작게 붙어 있는 것을 발견했다.

'아, 남자애.'

침대에 누워 영상을 보며 문득 소리 내어 중얼거렸다. 의사는 심각한 표정으로 아무 말도 하지 않았지만 바로 옆에 서 있던 간호사 표정으로 봐도 틀림없는 것 같았다.

아들이라는 사실은 부러 히데유키에게 알리지 않았다. 가오루가 다시 태어난 거라며 이상한 기대를 할까 봐 부끄럽기도 하고, 이런 일은 애매하게 놔두는 게 좋을 성싶었다.

슬슬 일어나 돌아갈 준비를 하는 레이코를 보고 히데유키가 침대에서 일어나 문까지 바래다주려 했다.

"더 누워 계세요."

"아니야. 괜찮아. 그보다 아기는 어디서 낳을 건가요?"

벽에 한쪽 손을 짚고 비틀비틀 걸어오는 히데유키를 한 팔로 부축하며 근처 산부인과 병원 이름을 이야기했다.

그것을 듣고 히데유키가 멈춰 섰다.

"왜 여기가 아니고."

왜 이 병원에서 낳지 않느냐는 비난이 목소리에 담겨 있는 듯했다. 히데유키의 동료나 선배가 포진해 있고, 가오루 역시 의대생으로 공부했던 곳이라 인연이 깊은 대학 부속병원이었다. 소형 병원에서 출산하는 것보다 여차할 때 빠르게 대처하기에는 완벽하리라.

물론 레이코도 이 병원에서 낳는다는 선택지가 없었던 것은 아니다. 그저 역시 료지가 자살한 병원이라는 점이 마음에 걸렸다.

"고민했는데……."

히데유키는 레이코의 아들이 자살한 일을 모른다. 불길한 생각을 입에 올리고 싶지 않아 명확하게 이유를 설명하기 어려웠다.

"여기서 낳으면 좋겠어요."

히데유키는 거의 애원하고 있었다. 그것은 한시라도 빨리 손자를 안아 보고 싶다는 표현이었다. 눈앞에 닥쳐온 죽음을 피하긴 해도 아직 퇴원은 아직 한참 남았다. 같은 병원에서 출산하면 바로 손자를 볼 수 있고, 만날 기회도 훨씬 많아진다.

그 마음을 알기 때문에 레이코의 결심도 흔들렸다. 겨우 30분

동안 이야기를 나눴는데도 히데유키의 성격을 충분히 알 수 있었다. 가오루의 아버지여서가 아니라 히데유키라는 사람에게 호의를 품게 되었다.

"생각해 볼게요."

레이코가 그렇게 말하자 히데유키는 두 팔을 뻗어 악수를 청했다. 손을 잡았더니 감촉이 가오루의 손과 비슷했다.

"또, 놀러 와요. 기다립니다."

레이코는 기시감을 느꼈다. 그 인사부터, 정열이 실린 악수법까지 가오루와 똑같았다. 그저 배웅하는 사람과 배웅 받는 사람의 입장이 반대였다.

병실 문을 닫으며 레이코가 생각했다. '정말 이 병원으로 바꿀까 봐.' 하고.

5

출산 예정일을 겨우 한 달 앞두고, 레이코는 다시 우울에 빠져 있었다. 밤에 혼자 있다 보면 외로움과 불안을 억누를 수가 없다. 이대로 미쳐 버릴 것 같아 무서울 정도였다. 겨울도 끝나서 이제 막 3월이 되었다. 가오루가 여행을 나선 지 딱 반년이 지나려 했다.

혼자서 살기에는 집이 너무 넓었다. 20평 정도 되는 거실에다 침실이 셋. 남편과 아들, 세 사람이 살기에도 넓었는데 지금 큰 부담이 되고 있다. 황량한 공간이 그대로 공허함을 상징하는 것 같아 견딜 수가 없었다. 사랑하는 사람을 잇따라 잃고 홀로, 엄밀히는 혼자가 아니지만 레이코가 싸워야만 하는 상대가 이전에 전이성 인간 암 바이러스였다면 이번엔 이 압도적인 고독이었다.

거실에는 호화롭기 짝이 없는 다양한 가구들로 가득했다. 모두 다 사업가였던 남편의 재력으로 인해 생긴 물건들이었다. 하지만 지금은 아무런 가치도 없었다.

레이코는 소파에 파묻혀 팔걸이에 얼굴을 박고 뜨겁게 울었다. 온몸이 떨려올 정도로 적막했다. 무엇으로 어떻게 채워야 할지 알 수 없었다. 삭막한 인생만 눈앞에 펼쳐졌고 아무리 '살아라'는 말을 들어 봤자 바로 꺾여 버릴 것 같았다.

'말할 사람이 있었으면.'

절실하게 바랐다. 가오루의 아버지인 히데유키라면 말만 하면 바로 이야기 상대가 되어 줄 것이다. 서로가 안고 있는 상처도 공유할 수 있다. 그렇게 보면 틀림없이 좋은 대화 상대였다. 출산 수속도 대학병원으로 이미 옮겨 놨다. 하지만 순간적으로 뒤덮여오는 고독감이, 히데유키만으로는 부족했다. 지금 이 방을 지배하는 적을 억눌러 줄 수단이 되진 않았다.

레이코는 두 눈을 감고 넓은 공간을 머릿속에서 내쫓아 버리려 했다. 그러자 머릿속에 자연스레 지금까지의 인생이 작게 편집되어 흘러 지나갔다. 어릴 때부터 초등학교, 중학교, 고등학교, 대학에 이르는 그때마다의 기념비적인 사건들의 풍경이 객관적인 영상이 되어 떠올랐다.

스스로 걸어온 역사를 어째서 객관적인 영상으로 떠올려 보고 있는지 이유는 잘 알고 있다. 바로 전날 수납 공간을 정리했다. 디지털 영상이 들어 있는 플로피디스켓을 우연히 발견했다.

12년 전에 결혼식 피로연에서 상영하려고 만들어 둔 것이었다. 그리운 나머지 모니터로 재생해 몇 번이나 다시 봤다. 레이코가 준 디지털 영상을 기본으로 친구들이 멋대로 편집해서 웃기고 재미있게 완성된 인생의 모습들이 거기 그려졌다. 오랜만에 보고 소리 내고 웃어 버렸을 정도였다.

결혼식장에 걸린 거대한 모니터 화면에 비친 영상은 레이코가 아기였을 때 장면에서 시작해서 스물두 살에 결혼하기까지의, 아직 연인이었던 남편과 나란히 선 사진으로 막을 내렸다. 인생극장이라고 해도 0세부터 22세까지의 간단한 흐름이었다.

그 마지막 장면에서 영상을 정지했다. 비디오카메라가 아닌 정지 영상을 비추는 카메라로 촬영된 것이라 바다를 배경으로 레이코와 미래의 남편이 나란히 선 모습이 더 있었다. 레이코는 정면이 아닌 옆을 보고 몸을 돌리고 있고 배를 남편 쪽으로 내민 모습이었다. 왜 이렇게 부자연스러운 자세를 취했을까.

사진을 찍을 때 나눈 대화까지 명확하게 떠올랐다. 결혼 전이긴 해도 배 속에는 이미 남편의 아이가 있었다. 레이코는 그 아이를 원해서 낳는 것이라고, 축복받은 삶을 살라고 확실하게 영상에 남기기 위해 부러 배를 내밀고 그 배에 손을 얹어 보인 것이다. 결혼식에 와 준 친구들에게도 임신했다는 사실을 숨기지 않았다. 결혼식 사회자가 영상을 정지시키고 스물두 살의 레이코가 현재 신랑의 아이를 가졌다는 것을 밝히자 두 사람은 우레와 같은 갈채를 받았다.

눈을 감았더니 박수 소리가 들려왔다. 그때는 모든 것이 있었다. 부모님도 생존해 계셨고 남편이 될 사람이 옆에 있고 그 사람의 아이가 배 속에서 자라고 있었다. 료지였다.

과거의 추억이 범람하여 레이코는 맥없이 머리를 감싸 안아 버렸다. 과거를 회상하는 일은 쓸쓸한 기분을 치유하기는커녕 그 감정을 훨씬 강하게 증폭시켰다. 혼자 있는 게 문제였다. 혼자 있으면 머릿속은 과거의 영상에 지배된다.

"그래."

레이코는 소파에서 일어나 AV 기기가 설치된 방으로 향했다.

방에는 컴퓨터와 거대한 모니터가 있었다. 아마노가 마련해 준 것으로, 방에서 손쉽게 루프계에 연결해 그쪽 세계의 영상을 볼 수 있게 설정되어 있었다.

연결은 되지만 루프계에 살고 있는 개체와 커뮤니케이션을 할 수는 없었다. 이쪽에서 관찰할 뿐인 일방적인 행위가 다시 욕구 불만을 일으키는 결과로 끝날 수도 있었다. 하지만 레이코는 아마노의 친절을 무시할 수 없어 그가 가르쳐 준 대로 루프계의 영상을 재생하기로 했다.

아마노의 설정에 따라 처음 시작할 때의 시점은 다카야마 류지로 지정되어 있었다. 갑자기 모니터 화면이 가오루의 얼굴로 꽉 찼다. 레이코는 너무 그리운 나머지 감격의 소리를 지르고 말았다.

전후 맥락을 모르기 때문에 어디에 있는지는 알 수 없었다. 루프계에서 다카야마 류지로 다시 삶을 시작한 가오루는 소파에 누워 자는 얼굴을 보여 주고 있었다. 연구실 구석에 놓인 소파 같았지만 시점을 뒤로 물렀더니 병원 대합실이었다.

루프 시간으로 1994년. 루프 프로젝트가 재개된 후 3년이 지났다. 자신의 몸을 희생해 현실계에 있는 전이성 인간 암 바이러스를 없애는 데 큰 공을 세운 가오루가 이번에는 루프계의 암화를 정상으로 되돌리기 위해 서른네 살의 다카야마 류지로 다시 태어났다. 지금은 서른일곱 살이 되었다.

레이코와 서로 사랑했던 스무 살의 가오루는 반년 동안 세 살 연상의 듬직한 남성이 되어 있었다. 나이를 먹고 연령에 어울리는 매력이 얼굴에 나타났다. 자고 있어도 그 점이 잘 보였다. 하지만 몸 상태가 어디 안 좋기라도 한지 그는 병원 대합실에서 진찰 순서를 기다리고 있었다.

이름이 불리자 다카야마가 눈을 떴다. 선잠에서 깼을 때 흔히 그러하듯 지금 있는 장소가 어딘지 잘 알아차리지 못했다. 두리번거리며 주변을 둘러볼 때 레이코는 그와 눈이 마주친 것 같아 가슴이 꽉 조여들며 기뻐졌다. 말을 나눌 수 없는 대신 일거수일투족을 자신과 관련지어 의미를 부여했다.

다카야마는 진찰실로 들어갔다. 의사 앞에 앉아 상의를 벗고 늠름한 몸을 보이고 있다. 뒤에서 보니 10여 센티미터에 걸쳐 등에 흉터가 있는 것이 보였다. 사귀었을 때 이런 상처는 없었다. 루프계에서 정신없이 애쓰던 중에 사고라도 있었던 걸까? 상처 부근의 피부가 불룩하게 부풀어 올랐다. 얼마나 큰 부상이었는지 여실히 알 수 있었다. 레이코의 엉덩이 부근이 스멀스멀 가려웠다. 상처에서 피가 대량으로 흐른 것을 연상했기 때문이다.

진찰은 루프 시간으로 10분 정도에 끝났다. 다카야마는 옷을 입고 다시 대합실로 나와 접수처에 서서 처방전이 나오길 기다렸다. 그의 뒤에 이제부터 진찰을 받을 환자가 10여 명 장의자에 앉아 있었다. 그중 한 사람을 보고 레이코는 깜짝 놀랐다. 이목구비가 가지런한 젊은 여성이 다리를 꼬고 앉아 있다. 수려한 이마와 똑바른 눈썹, 오똑한 코, 냉정해 보이는 얇은 입술, 어딜 봐도 완벽한 이목구비였다. 레이코가 놀란 이유는 그 여성이 미인이라서 그런 것이 아니었다. 어디서 본 얼굴이기 때문이었다.

레이코는 영상을 잠시 멈추고 여성의 얼굴을 클로즈업했다. 이름이 떠오르기까지 걸린 시간은 고작 10여 초에 불과했다.

'야마무라 사다코.'

루프가 암화한 계기를 만든 여자였다. 그녀는 기계를 쓰지 않고 오픈 릴 테이프에 소리를 녹음할 수 있는 능력을 발전시켜 영상을 본 개체를 일주일 뒤에 죽게 하는 비디오테이프를 만들었다. 결국 그녀가 만든 비디오테이프는 돌연변이를 일으켰고 다양한 매체로 갈라져 나갔다. 우연히 배란기인 여성이 매체와 접하게 되면 그 여성은 야마무라 사다코와 동일한 DNA를 가진 개체를 잉태하게 된다. 레이코는 옥상 배기구에 떨어진 여성의 자궁에서 야마무라 사다코가 기어 나와 아직 이도 나지 않은 잇몸으로 탯줄을 물어뜯는 영상을 생생하게 기억하고 있다. 역시 임신 중인 레이코에게는 남의 일, 공상 속의 일이라고 웃어넘길 수가 없었다. 공간이 다른 루프계의 사건이었지만 보기만 해도 무섭고, 몸이 떨려왔다.

그렇게 루프계는 야마무라 사다코라는 단일 DNA의 비약적인 증식과 변이된 매체의 홍수에 휘말려들었다.

루프계를 암화시킨 장본인인 야마무라 사다코가, 다카야마의 바로 뒤에서 천연덕스러운 표정으로 진찰 순서를 기다리고 있었다. 처방전을 받는 동안 다카야마는 야마무라 사다코의 존재를 알아차린 것 같은데 표정에는 아무런 변화 없이 병원 바깥으로 걸어나갔다. 평소 그대로의, 일상적인 행동으로 보였다.

병원 현관에서 다카야마는 또 하나의 야마무라 사다코와 지나쳤다. 둘은 서로를 의식하지 않고 지나쳐 각자 다른 방향으로 걸어갔다. 다카야마는 현관 앞 주차장에 있던 차의 문을 열었고 야마무라 사다코는 병원 엘리베이터를 타고 위층으로 올라갔다.

다카야마의 차가 달려 나간다. 어디로 가는 걸까. 이윽고 간선 도로로 나온 다카야마가 액셀을 밟아 속도를 올렸다. 전후좌우의 경치가 굉장한 속도로 뒤로 흘러갔다······.

레이코는 시간 가는 줄 모르고 영상을 계속 바라보았다. 더 이상 드라마를 보는 타인의 시선이 아니었다. 한 남자의 인생, 그 자체를 보고 있다. 무엇과도 바꿀 수 없는 남자의 꾸며 내지 않은 진실이 영상에 담겨 있었다.

6

그 후 한 달 동안 레이코는 매일 정해진 시각에 루프계에 접속하여 다카야마의 인생을 지켜보기로 했다. 그것이 무엇보다 큰 즐거움이라 해도 과언이 아니었다. 루프 시간은 현실계의 약 여섯 배의 속도로 지나고 있기 때문에 다음 날 정해진 시각에 접속하면 전날로부터 6일 뒤의 영상을 볼 수 있다는 계산이 된다. 6일마다 몇 시간을 단편적으로 보는 편이 오히려 낫다. 한 명의 개체의 생활을 시종일관 보는 것은 시간낭비다. 단편을 보며 나머지는 상상으로 채우는 편이 낫다.

부분적으로 봐도 대략적인 흐름은 이해할 수 있었다. 루프계의 암화가 멎고 다양성을 되찾아 가는 일련의 영상은 다카야마의 활약에 힘입은 결과이기 때문에 레이코로서는 쾌재를 부르고 싶을 정도로 즐겁게 보았다.

레이코는 루프계의 추이를 살피는 데에 점차 몰입했다. 생활 전체를 짓누르는 고독감을 떨쳐 내는 것과 루프계가 다양성을 되찾아 가는 것은 공진 작용이 있는 것처럼 리듬이 일치했다. 다카야마의 활약은 그대로 레이코의 마음을 밝혀 주었다.

글자 그대로 루프계는 멸망하고 있었다. 일주일 후 죽게 되는 비디오테이프의 존재가 확실히 밝혀졌고 다른 매체로 변이된 정보가 사회 표면에 나타났다. 루프계의 개체들은 모두 공황에 빠져 바이러스는 아이러니하게 빠르게 확산되었다. 누구나 일주일의 기간을 느긋하게 기다리려 하지 않았다. 거기다 한 명에게만 비디오테이프를 보여 주는 것으로는 안심할 수 없다며 불특정 다수에게 보여 주는 개체까지 나타났다. 레이코는 그 과정에서 다양한 에피소드를 체험했다. 비디오테이프를 원인으로 한 살인 사건, 남녀의 애정이 무너져내리는 모습, 아니면 자신과 사랑하는 사람을 구하기 위한 권모술수. 각각 현실계와 똑같이 이기주의가 극치에 달한 지옥도의 풍경이었다.

하지만 멸망하는 것처럼 보여도 그렇게 사태가 진행되진 않았다. 루프계에 다카야마가 강림했기 때문이다.

루프계의 암화를 막기 위해 다카야마가 취한 방법은 두 가지다. 3개월 전, 아마노가 소속한 연구소에서 레이코와 대면했을 때 다카야마는 이미 백신을 제조하는 데 성공했다. 그 덕분에 다카야마가 자신을 갖고 "잘될 거야."라는 말을 한 걸까? 그 후 백신은 서서히 효과를 보이고 있었다.

변이된 매체와 접촉하여 일주일 뒤 죽거나 링 바이러스가 수정되도록 프로그램된 개체에서 어떻게 프로그램을 해제할 수 있는지 다카야마는 전에 가오루였을 때 존재했던 세계의 이론에 힘입어 기술을 발전시켰다. 세계의 시스템을 다 깨달았기 때문에 다카야마로서는 그리 힘든 문제도 아니었다. 백신에는 두 가지 작용이 있다. 접종하는 순간 프로그램이 해제되고 변이된 매체와 접촉하더라도 죽음이나 수정이 프로그램되지 않는 저항력을 갖기되는 두 가지 작용이다.

백신의 제조가 진행되었다. 접종된 개체의 수가 비약적으로 늘어나자 변이 매체는 더 이상 흉기가 아니게 되었다. 그렇게 세계에 만연하던 변이 매체는 단순한 무가치한 것으로 전락했다. 본래 역할인 오락 작품으로 살아가는 길이야 남았고 모두 흥미 본위로만 보게 되었다.

'옛날에 이 비디오테이프는 살인 비디오라고 불렸어. 어때? 너는 볼 용기가 있어?'

이제는 과거의 유물이었다.

하지만 문제는 하나 더 있었다. 기하급수적으로 증식한 야마무라 사다코를 어떻게 처리해야 하는가에 대한 문제였다.

자웅동체인 야마무라 사다코는 혼자서도 생식을 할 수 있다. 바이러스에 필적하는 속도로 증식할 수 있다. 아무리 변이 매체의 공포가 사라져도 전 인구를 차지하는 야마무라 사다코의 비율이 증식하면 루프의 생태계는 큰 혼란에 빠진다. 하지만 그 이외에는 아무런 해를 끼치지 않는 야마무라 사다코라는 개체를 단호하게 없애버려야 한다는 데까지 여론이 들끓지는 않았다. 도덕성이 높아서 그렇다고 설명할 수도 있지만 누가 어떻게 야마무라 사다코를 포획해서 처리하느냐는 문제를 앞에 두고 슬그머니 피하고 있다는 쪽이 더 정확했다.

하지만 사태는 원만하게 해결되었다. 신종 바이러스가 풀려난 것이다. 이전부터 루프계에 존재한 바이러스가 변이를 일으켜 영향을 미치기 시작했는데, 어떤 의도로 만들어졌는지는 확실하지 않았다. 야마무라 사다코라는 개체만 결정적으로 피해를 입는 바이러스였다. 자연스러운 흐름으로 원흉을 소멸시키는 효과를 발휘했다. 그 결정적인 효과는 하나의 경고를 사회 전체에 주었다. 생명 사회가 단일화되는 것의 위험성, 다양성을 잃어버리는 것의 위험성을 웅변적으로 호소한 것이다.

개체차는 그대로 생명 사회가 가진 강도로 직결된다. 산에 사는 개체도 있고 바다에 사는 개체도 있다. 얼음 지대에 사는 개체도 있는가 하면 적도 부근에서 사는 개체도 있는 것이다. 피부색이 흰 개체도 있고 검은 개체도 있다. 각각의 개체차가 커지면 커질수록 어떤 하나의 공격을 받았을 때 회피할 수 있는 능력이 높다는 의미가 된다. 어떤 종류의 바이러스가 더운 지방에서 사는 개체에게 피해를 준다 해도 추운 지방에 사는 개체에게는 아무런 영향력을 미치지 않을 수도 있다. 바이러스의 공격에 대해 전자가 죽는다면 후자는 살아남는다. 살아남는다면 거기서 새로 시작되어 다양성이 있는 세계를 형성할 수 있다. 하지만 세계 전부가 완전히 동일한 DNA를 가진 개체가 된다면 특정 바이러스의 공격으로 전멸할 가능성이 높다.

야마무라 사다코를 덮친 바이러스는 그것을 증명하는 결과물이 되었다. 아마 야마무라 사다코의 육체적 특징에 반응하는 것인지 그녀들만을 자연사로 휩쓸어 간 것이다.

원래 야마무라 사다코는 자웅동체로, 생식 행위 없이 탄생하여 일주일 만에 성체로 성장하는 특징이 있었다. 하지만 이 바이러스에 감염되면 그 속도 그대로 늙어 자연사한다. 루프계에는 늙어 죽는 야마무라 사다코가 이곳저곳에 넘쳐났다.

레이코는 길 한가운데 쓰러져 가는 야마무라 사다코를 바라보며 감개가 무량했다. 극단 여배우 시절에 늙는 것을 그렇게나 무서워했던 그녀가 점차 속수무책으로 늙고 추하게 스러져 가는 건 여성으로서 보기 힘든 모습이었다. 한 개체도 아니었다. 전쟁에 패한 모습이 무수히 많았기 때문에 한층 더 가련하게 느껴졌다.

루프계의 사회는 야마무라 사다코에게 죽음을 준 바이러스를 자연발생한 것으로 받아들였다. 하지만 레이코는 바이러스를 만든 사람이 있고, 그게 누군지 알 수 있었다. 다카야마 류지……즉 가오루였다. DNA의 텔로미어 영역의 배열이 보통 사람과 다른 가오루는 그 지식을 응용해 세포 분열을 촉진하는 바이러스를 만든 것이 아닐까? 레이코는 세포 분열 횟수와 노화에 밀접한 관계가 있다는 것을 아마노에게 들어 알고 있었다. 세포의 분열 횟수는 텔로미어의 길고 짧음에 따라 지정되어 있다고 했다.

결국 다카야마 류지는 두 가지 위업을 달성했다. 프로그램된 죽음과 수정을 해제하는 백신을 만들었고, 야마무라 사다코의 세포 분열 횟수를 늘리는 바이러스를 만들었다. 이 두 가지 상호 작용에 따라 루프계는 다양성을 되찾아 갔다.

레이코는 시점을 뒤로 물러서 보다 넓은 범위를 시야에 담았다. 루프계를 바로 눈 아래 내려다보는 시선에서 100미터씩 높여 수천 미터의 고도로 올라갔다. 이윽고 대기권 바깥으로 나와 루프라고 불리는 구체의 전체적인 색조가 미묘하게 변해 갔다. 현실과 큰 차이가 없는 아름다운 변화였다.

조금 전까지는 더러운 반점 모양이 여기저기 물들어 있었지만 다양성을 되찾은 지금, 루프계는 원래의 색으로 되돌아가고 있다. 다양한 색이 섞여서 보다 미묘한 색채를 보인다. 빛의 가감에 따라 명암의 강약이 더해지고 있다.

그것을 보고 레이코는 가슴을 쓸어내리며 한숨 쉬었다. 루프계로 강림한 가오루의 사명이 이루어졌음을 시각으로 알 수 있었다. 바라보는 경치의 아름다움과 화려함은 어떤 말보다 빠르게 레이코에게 정보를 전달했다.

이제 안심한 마음으로 잠들고 싶었다.

레이코는 일단 컴퓨터의 전원을 껐다. 나머지는 내일 보면 된다고 만삭인 몸을 침대에 뉘였다. 배 속에서 태아가 격하게 태동하는 감각이 느껴졌다. 언제 태어나도 이상하지 않을 상태였다. 레이코는 유사시에 대비해 수화기를 침대 옆으로 끌어 놓았다.

다음 날, 레이코는 같은 시각에 루프계에 접속했다. 루프계에서는 엿새가 지났다. 겨우 엿새가 지났는데 다카야마의 몸에 변화가 있었다. 다카야마가 있는 장소는 또다시 병원이었다. 이전과 같은 진찰실이고 역시 의사 앞에서 몸을 드러내고 있었다.

등이 바로 앞에 보였다. 사선으로 그어졌던 상처 말고도 갈색의 반점이 피부에 잔뜩 퍼져 있었다. 목에는 몇 개의 가로 주름이 생겼다. 겨우 며칠 만에 급격하게 변화한 것이다. 머리카락도 새치가 꽤 많이 섞여 있었다. 옷을 들어 올리는 손이 전보다 훨씬 건조했다.

레이코가 시점을 앞으로 돌려 다카야마의 얼굴을 바라보았다. 설마 했는데, 정면 얼굴을 보고 확신했다. 노인으로 늙어 버린 얼굴이 거기에 있었다.

틀림없는 다카야마였다. 온몸이 한결같이 늙은 것이 아니었다. 배에서 가슴팍까지는 아직 청년의 풋풋함이 남아 있었다. 하지만 얼굴과 배 부근의 강도 높은 늙은 모습이 뭔가 부자연스러운 힘이 연상되어 큰 불안이 느껴졌다.

진찰을 마친 다카야마는 접수처 앞에서 처방전을 받아 터덜터덜 현관을 나섰다. 그동안 모니터 화면에는 대합실의 모습이 비쳤다. 전에 잠깐 동안 두 번이나 발견했던 야마무라 사다코의 얼굴이 이제 아무 데도 보이지 않았다. 루프계에서 완전히 몰려난 것일까.

현관을 나와 다카야마가 걷기 시작했다. 차가 없는지 포장된 길을 두 발로 걸어갔다.

작게 오그라든 등이 극도의 피로와 쇠약을 보여 주었다. 걷는 것도 힘든지 가끔씩 멈춰 서서 전봇대나 벽에 몸을 기대고 가슴을 누르며 거친 숨을 쌕쌕 쉬며 기침했다.

그때마다 다카야마는 아까 처방받은 약을 꺼내 입에 넣었지만 이제 일시적인 위안에 지나지 않는다는 것을 본인도 알고 있는 것 같았다.

급격한 노화가 다카야마에게 일어난 이유는 명백했다. 어쩌선지 레이코는 그 이유를 알 수 있었다. 야마무라 사다코를 노화시킨 바이러스에 다카야마도 감염된 것이다. 바이러스를 개발할 때 다카야마도 그것을 예측했으리라. 루프계에서 되살아난 방법이 비슷하니 야마무라 사다코를 노화시킨 바이러스가 결국 자기 몸에도 영향을 주어 죽게 된다는 것을 알고서도 그는 멈추지 않은 것이다. 또 자기희생. 숙명이라고 할 수밖에 없다.

서 있는 것도 여의치 않았다. 다카야마는 빌딩 사이를 벗어나 공원으로 올라가는 계단에 주저앉았다. 콘크리트의 차가운 감촉이 그에게 전달되고 있음은 쉽게 상상되었다. 지금 무슨 계절이었지? 길을 지나는 행인의 복장을 보면 쌀쌀한 날씨였다.

콘크리트 계단에 앉아 있는 다카야마는 군중 속에 있지만 압도적으로 고독했다. 그를 메시아라고 아는 사람도 없고 누구 한 사람 신경 써 주는 일 없이 지나쳐 갔다. 레이코는 손을 뻗어 가능하다면 그의 몸을 만지고 서로의 고독을 치유하고 싶다는 욕구에 휩싸였다. 바로 가까이에서 손을 잡을 수도 없었다. 레이코는 루프계의 영상에 접속한 이래 처음으로 맹렬하게 분노했다.

다카야마는 몸을 앞으로 수그리고 힘없이 뻗은 두 무릎 사이에 두 팔을 얹었다. 가끔 고개를 들어 하늘을 봤다. 신기하게도 시원하다는 표정을 짓고 있었다. 천수를 다 누렸다는 생각일까? 죽음과 부활을 몇 번이나 반복해 왔던 그는 역할을 마쳤다는 만족감에 잠겨 자연사를 받아들이려는 각오를 마친 것으로 보였다.

굽었던 몸을 펴고 계단에 드러누웠다. 아까보다 편해 보이는 모습이었다.

하늘을 보는 자세라서 이번에는 얼굴 표정이 잘 보였다. 그는 계속 이쪽에 시선을 향하고 있다. 빌딩과 빌딩 사이 틈으로 하늘이 보이는 것일까? 다카야마는 모니터 이쪽까지 도달하는 시선을 가만히 쏟아붓고 있었다.

다카야마는 하늘을 향해 뭔가 말하려는 듯이 입을 열고 바싹 마른 입술을 핥았다.

'뭐라고 하려는 걸까?'

아까부터 다카야마는 뭐라고 말하려다가 멈추고 입술을 핥는 행위를 반복했다.

레이코는 아마노에게 배운 대로 키보드를 써서 시점을 다카야마로 고정했다. 그렇게 하면 다카야마가 보고 있는 것을 자신의 눈으로도 확인할 수 있었다.

경치가 서서히 움직여, 모니터에는 예상한 대로 빌딩과 빌딩 사이의 틈에 작은 하늘이 비쳤다. 레이코는 다카야마의 눈으로 지금 세상을 바라보고 있었다. 그의 눈에는 세상이 이런 식으로 비치는구나, 하고 새로이 감격했다. 잘 보면 하늘 중간쯤에 사람 얼굴 같은 물체가 떠 있었다.

레이코는 그 얼굴을 알고 있었다. 거울 속에 보이는 친숙한 얼굴……. 자기 자신의 얼굴이었다.

'그가 지금 나를 생각하며 내 얼굴을 떠올리고 있어.'

가오루의 기분을 레이코는 아플 정도로 실감할 수 있었다. 눈을 감아도 다시 눈꺼풀 안에는 잔상으로 자신의 얼굴이 비쳤다.

가오루의 강한 마음을 실제 이 눈으로 보고 있는 것이다. 너무 강하게 바란 나머지 공상으로 소중한 사람의 얼굴을 만드는 마음을, 지금 레이코는 눈으로 볼 수 있었다.

하늘에 떠오른 얼굴이 희미하게 이중으로 흐려지기 시작해 레이코는 겨우 눈물을 흘리고 있다는 것을 자각했다. 다카야마의 마음을 가슴속에 두고 아까부터 몇 번이나 그가 하려다 삼켰던 말을 상상했다.

죽음이 임박해서 다카야마는 레이코와 함께했던 무렵의 행복을 음미하고 있는 것이다. 안녕이란 말을 듣기보다, 그 편이 훨씬 행복했다.

심장 고동이 느린 간격으로 희미해져 갔다. 죽음이 눈앞으로 다가왔다. 주변 모습이 작게 흔들렸다. 얼굴을 정면으로 향하기 힘들어 보였다.

눈을 뜨고 있는 것보다 감고 있는 시간이 길어졌다. 이윽고 주변 모습이 서서히 소멸했다. 빌딩도 가로수도 사람들의 무리도 사라지고 시야는 완전한 암흑으로 물들었다. 하지만 레이코의 얼굴만이 윤곽을 확실히 남겨 죽음의 여운 속에 언제까지고 남아 있었다.

루프계의 모습은 이제 레이코에게 의미를 잃었다. 죽었다는 정보를 알게 되어서라기보다는 모니터로 직접 본 다카야마의 마지막 모습이 강하게 의식에 작용했다. 레이코는 고정을 해제하고 망연자실한 상태로 다카야마가 없어진 루프계의 상공을 내려다보았다. 침착하게 죽음을 맞이한 이상 자신도 다카야마의 죽음을 냉정하게 받아들여야만 한다고 생각했다. 하지만 아직 받아들일 수 없었다.

잠시 지나서 침착을 되찾은 레이코는 서서히 모니터에서 눈을 돌렸다. 다카야마가 없으니 루프계에 대한 흥미는 자연스레 사라졌다.

'잘 가.'

전원을 끄고 눈앞에서 가상공간을 소멸시켰다. 이후 루프계의 영상을 보는 일은 없으리라.

레이코는 순간이긴 하지만 죽음을 의사 체험했다. 심지어 사랑하는 사람의 눈을 통해 자신의 초상을 바라보게 된 이상한 체험이었다.

그 탓일까? 몸에 이변이 생긴 것을 느꼈다. 진짜 진통이 일어난 것 같지는 않았다. 하지만 그녀의 직감이 말해 주었다.

'아이가 나올 것 같아.'

레이코는 수화기에 손을 뻗어 미리 지시받았던 번호를 눌렀다.

7

분만 제1기의 진통은 느긋한 리듬으로 왔다가 가고 있다. 활발하게 돌아다니던 태아는 움직임을 조금 늦추고 낮은 위치로 이동한 것 같다. 가슴 부근에 살짝 공백이 생긴 느낌이었다.

택시에 타서 대학병원 이름을 말했다.

"경사로군요."

운전기사가 그렇게 말하더니 조용히 출발했다.

무릎 위에는 큰 여행가방이 놓여 있었다. 전부터 출산에 필요한 물건을 준비해 넣어 둔 것이다. 료지를 낳았을 때는 준비할 필요가 없었다. 차 안에 어머니와 남편이 양쪽에 앉아 손을 잡아주며 "힘내." 하고 격려해 주었다. 그런데 이번엔 혼자서 출산한다. 불안을 떨칠 수가 없었다.

딱 오후 7시에 대학병원에 도착했다. 옷을 갈아입자 침대에 누운 상태가 되어 자궁 입구가 완전히 열리기를 기다렸다.

진통이 거대한 파도를 떠오르게 했다. 밀물과 썰물보다 훨씬 짧은 간격이었고 백사장에 몰아치는 파도보다는 느렸다. 진통으로 얼굴을 찌푸리며 레이코는 가오루의 이름을 불렀다. 옆에서 지켜봐 주었을 가오루에게 말을 걸면 진통도 훨씬 덜해질 것 같았다.

진통의 밀려오고 물러나는 간격 사이에 공백이 있었다. 레이코의 귀에 음악이 들려왔다. 처음에는 옆 병실에서 들려오는 라디오 소리라고 생각했는데 아무래도 아닌 것 같았다.

창문을 보자 창틀에 가득하게 새까만 어둠이 채워져 있었다. 출산은 심야로 이어질 것 같은 예감이 들었다. 이 어둠 너머에서 음악이 들려올 리가 없다. 태아에게 들려주기 위한 배경음악을 병원에서 틀어 주기라도 한 걸까.

작게 들려오는 음악은 신비롭고 아름다운 선율로 잠시 레이코의 고통을 완화해 주었다.

레이코는 문득 분명하지 않은 소리의 근원을 알 수 있었다. 설마 하는 생각에 부정하면서도 고개를 들어 자신의 배를 보았다.

"그런 곳에서 노래하지 말고 빨리 나오렴."

레이코는 자신의 아들이 엄마의 고통을 조금이라도 덜어 주기 위해 어두운 배 속에서 노래하는 모습을 상상했다. 루프계의 영상이 머릿속에 진하게 남아 있는 탓에 낳는 사람과 태어나는 사람, 지키는 사람과 지켜 주는 사람의 관계가 어그러진 듯했다.

오후 11시가 지났다. 자궁 입구는 완전히 벌어져서 레이코는 준비실에서 분만실로 옮겨져 분만대 위에 누웠다.

의사와 간호사의 지도 아래 레이코는 진통 리듬에 맞춰 숨을 쉬었다. 초기일 때에 비하면 진통의 간격이 짧아졌다. 간격에 맞춰 자궁과 복근 수축을 반복했다. 레이코는 바깥으로 밀어내려는 힘이 몸속에 응축되어 있는 것을 느꼈다.

간호사의 지시에 맞춰 복식 호흡으로 바꿨지만 아무래도 잘 되지 않았다. 아픔과 긴장 탓에 배 천체로 깊숙하게 퍼져야 하는 호흡이 얕고 빠르게 되어 버린다. 이제 긴장을 풀어야만 했다. 레이코는 가오루의 얼굴을 머릿속으로 떠올리며 말을 걸려고 했다.

"목소리 내지 말아요!"

입 끝에서 새나오는 격한 숨, 신음과 함께 가오루의 이름을 부르고 싶었지만 그때마다 간호사가 목소리를 내지 말라고 주의했다. 목소리를 내면 출산에 쓰일 힘을 헛되이 낭비하게 되기 때문이었다.

"아……."

작게 소리를 지르며 간호사가 의사를 쳐다보았다. 순간 태아의 머리가 외음부에서 보인 것 같았기 때문이다.

의사는 마스크 아래로 긴 숨을 내쉬더니 혀를 찼다. 그 얼굴에 의문이 떠올랐다.

"분만실에 올 때는 자궁 입구가 열려 있었지?"

간호사에게 하는 질문이 아니었다. 사실을 다시 한 번 확인하기 위한 말이었다. 조금 전까지 열려 있던 자궁 입구가 지금은 닫혀 버린 것 같다.

"왜 그래요?"

레이코가 의사와 간호사의 대화로 불편한 분위기를 느끼고 고개를 들어 물었다.

"아뇨, 잠깐."

의사는 걱정하지 말라는 듯으로 말끝을 흐렸다. 하지만 레이코는 아무런 두려움이 없었다. 의사에게 시원하게 물었다.

"우리 애, 쏙 들어가 버렸나요?"

"그러게요. 그런 모양이에요."

레이코의 말투가 순진하고 태평했기 때문에 의사마저도 순간 걱정이 날아가 버렸다. 묘하게 우스워졌다.

"조금 더 기다려 볼까요?"

어머니와 태아의 상태는 매우 양호해서 이대로 자연스러운 흐름에 맡겨도 문제없어 보였다. 생명 탄생을 향해 한쪽으로 흘러가던 에너지가 역류하는 법은 없다. 레이코는 다시 준비실로 이동해 거기서 대기하게 되었다.

아까까지의 진통이 비바람으로 거친 바다라고 치면 이 상태는 저녁에 바람 한 점 없는 고요함이라고 할 수 있었다. 그렇게 컸던 파도가 지금은 완전히 사라져 버렸다고 생각하니 레이코는 이 고요함이 신기했다. 그렇게 에너지의 흐름이 확 바뀐 순간을 기억하고 있다. 간호사가 아, 하고 작게 소리를 냈을 때 레이코에게도 그

의미가 전달되어 동시에 소리를 냈던 것이다. 그때 확실히 공기의 진동이 피부에 느껴졌다.

"빨리 나오렴."

왠지 아기가 망설이는 것 같았다. 바깥 세계를 슬쩍 내다보더니 나올 가치가 있는 장소인지 아닌지 고민하고 있는 것은 아닐까?

불룩하게 튀어나온 배 너머로 병실의 흰 벽이 보였다. 레이코는 아기에게 말을 걸었다.

"꽤 좋은 곳이야. 여긴."

배에 두 손을 얹고 아기의 움직임을 확인했지만 답은 없었다.

레이코는 침상 머리맡의 시계로 시간을 확인하며 눈을 감았다. 이제 곧 오전 1시였다. 입원하고서 아직 여섯 시간도 지나지 않았다. '아직 멀었어.' 하고 스스로에게 말하며 마음을 진정시켰다.

한 시간쯤 지나니 아까 그 간호사가 상황을 보러 왔다. 별로 변하지 않은 것을 확인하더니 "힘내세요."라는 말을 남기고 방을 나갔다.

그 직후 강한 진통을 느꼈다. 아랫배 전체가 바깥으로 튀어나가는 것 같았다. 레이코는 흐름에 휩쓸려 몸을 비틀어 머리맡의 비상벨을 찾았지만 좀처럼 손에 닿지 않았다.

'태어난다!'

어머니로서의 직감이 온몸을 뒤흔들더니 레이코의 의식이 멀어졌다.

그다음 날, 레이코는 부드러운 표정으로 침대에 누워 어젯밤에 있었던 격투가 기억 저편으로 멀어져 간 것처럼, 나른하고 황홀한 만족감에 젖어 있었다. 출산의 고통은 출산한 뒤의 감동으로 변해 온몸에 행복이 넘쳐 올라왔다.

바로 옆에서 아기가 우는 소리가 들렸다. 침대 옆에 누워 있던 게 아니었다. 간호사가 안아서 달래고 있었다.

레이코는 그냥 보는 게 아니라 간호사의 가슴께에 흔들리고 있는 아기의 표정을 관찰했다. 예상대로 아들이었고 어딘지 얼굴 생김새가 아빠를 닮은 것 같았다.

아기를 품에 안고 흔드는 간호사의 앞에 두꺼운 유리가 있었다. 외부와 신생아실을 구분하는 유리벽이었다. 덕분에 신생아실이 무균 상태로 유지되었다. 거울 같은 역할을 한 그 유리판에 간호사와 아기의 모습이 비쳤다. 현실의 모습과 유리에 비치는 가공의 모습, 그 두 가지가 서로 맞닿아 같은 방향으로 흔들리고 있었다.

유리에 비친 아기를 바로 위에서 바라보는 덩치 큰 사람 그림자가 보였다. 그림자뿐인 그것은 등을 굽혀 아기에게 가까이 얼굴을 대더니 옆에서 보면 뭐라고 속삭이며 말을 하고 있는 듯했다.

그림자가 윤곽이 뚜렷해지고 얼굴 생김새도 차차 선명해졌다.

'가오루 씨.'

레이코는 고개를 들고 그 그림자를 불렀다. 몇 번이나 말하려 했지만 하지 못한 말을, 바로 지금, 가오루의 입으로 들은 것 같은 기분이 들었다.

'해피 버스데이.'

생일이라 그런 게 아니라, 탄생 그 자체를 축하하는 말이 가오루의 입에서 흘러나왔다.

아들이 크면 아빠가 어떤 사람이었는지 그가 걸어온 궤적을 영상으로 보여 주겠다는 즐거움을 떠올리자 레이코는 미래의 광경에 가슴이 설렜다. 아마 아들도 아빠가 살아온 모습을 자랑스럽게 여길 것이다.

그렇게 가오루의 말을 받아 레이코는 같은 말을 아들에게 전했다.

'해피 버스데이.'

옮긴이 | 김수영

서일대학 일본어과, 한국디지털 대학교 실용외국어학과를 졸업했다. 사카구치 안고의 『백치』를
공역했고 『6시간 후 너는 죽는다』, 『도쿄 섬』, 『제노사이드』를 번역했다.

링 외전

1판 1쇄 펴냄 2003년 1월 10일
2판 1쇄 펴냄 2018년 10월 11일
2판 2쇄 펴냄 2024년 1월 24일

지은이 | 스즈키 고지
옮긴이 | 김수영
발행인 | 박근섭
편집인 | 김준혁
책임편집 | 장은진
펴낸곳 | 황금가지

출판등록 | 2009. 10. 8 (제2009-000273호)
주소 | 06027 서울 강남구 도산대로 1길 62 강남출판문화센터 5층
전화 | 영업부 515-2000 편집부 3446-8774 팩시밀리 515-2007
홈페이지 | www.goldenbough.co.kr

도서 파본 등의 이유로 반송이 필요할 경우에는 구매처에서 교환하시고
출판사 교환이 필요할 경우에는 아래 주소로 반송 사유를 적어 도서와 함께 보내주세요.
06027 서울 강남구 도산대로 1길 62 강남출판문화센터 6층 민음인 마케팅부

© 황금가지, 2018. Printed in Seoul, Korea
ISBN 979-11-5888-452-9 04830 (외전)
ISBN 979-11-5888-001-9 04830 (set)

㈜민음인은 민음사 출판 그룹의 자회사입니다.
황금가지는 ㈜민음인의 픽션 전문 출간 브랜드입니다.